"The trouble with dreaming is that
we eventually wake up."

From the National Book Award-winning author of
*Just Kids* and *M Train*

一頁 folio

始 于 一 页 ， 抵 达 世 界

Patti Smith

*Year of the Monkey*

# 梦

# 旅

# 店

[美] 帕蒂·史密斯 著

陶立夏 译

GUANGXI NORMAL UNIVERSITY PRESS

广西师范大学出版社

·桂林·

**图书在版编目(CIP)数据**

梦旅店 / (美) 帕蒂·史密斯著；陶立夏译. ——
桂林：广西师范大学出版社，2022.7 (2023.1重印)
书名原文：Year of The Monkey
ISBN 978-7-5598-4990-8

Ⅰ.①梦… Ⅱ.①帕… ②陶… Ⅲ.①随笔 –
作品集 – 美国 – 现代 Ⅳ.①I712.65

中国版本图书馆CIP数据核字(2022)第094774号

著作权合同登记号桂图登字：20-2022-052号

MENG LVDIAN
梦旅店

作　　者：（美）帕蒂·史密斯
责任编辑：黄安然
特约编辑：王韵沁
书籍设计：山川制本 workshop
内文制作：燕　红

广西师范大学出版社出版发行

广西桂林市五里店路 9 号　邮政编码：541004
网址：www.bbtpress.com

出　版　人：黄轩庄
全国新华书店经销
发行热线：010-64284815
北京九天鸿程印刷有限责任公司印刷
开本：889mm×1194mm　1/32
印张：9　　　字数：120千字
2022年7月第1版　2023年1月第3次印刷
定价：68.00元

如发现印装质量问题，影响阅读，请与出版社发行部门联系调换。

一个凡胎蠢蛋经过这世间。

——安托南·阿尔托

A mortal folly comes over the world.

ANTONIN ARTAUD

# 目 录

无论是否存在真正的目的地，
我都必须要写作，要将真相、
虚构和梦想与炽热的希望交织到一起，
然后回到家中。

*Way Out West*

✦

向西出走

当我们停在梦旅馆门口的时候，早已过午夜。我付了司机车钱，确认没有遗落任何物品，然后按铃吵醒了旅馆老板。现在差不多凌晨三点了。她说，但还是给了我钥匙和矿泉水。我的房间在底楼，面对着长长的码头。我打开滑动移门，能听见海浪的声音，伴随着瘫躺在码头木栈道上的海狮们隐约的吼叫。新年快乐！我大喊着，向上弦月和通灵的海说新年快乐。

从旧金山来这里的车程不过一个多小时。我一路都非常清醒却突然感到精疲力竭。我脱下大衣，为聆听海浪给移门留了条缝隙但迅即陷入似睡非睡的状态。我骤然清醒，上厕所，刷牙，脱掉靴子，上床。我也许做了梦。

圣克鲁斯的新年早晨，死气沉沉。我突然很想要吃一顿特定的早餐：黑咖啡，粗玉米粥配香葱。没什么指望能在这里遇上这样的伙食，所以一盘火腿和鸡蛋也行。我拿着相机下山往码头走去。一块

被高瘦的棕榈树部分遮掩的招牌赫然出现，我才意识到这根本不是一间汽车旅馆。牌子上写着：梦旅店，点缀着一道让人回想起苏联人造卫星的星状光芒。我停下脚步欣赏它并拍了一张拍立得，取下相片放进我的口袋。

——感谢你，梦旅馆。我说，半对着空气，半对着招牌。

——是梦旅店！招牌大声疾呼。

——是哦，抱歉，我说，带着些许认错的态度。即便如此，我什么都没有梦见。

——真的吗？一无所梦！

——一无所梦！

我情不自禁地感觉自己像被抽水烟的毛毛虫审问的爱丽丝。我低头看着双脚，逃避招牌审讯的气焰。

——呃，感谢让我拍照。我说完，作势要开溜。

然而我的离开却被突然冒出来的坦尼尔[1]笔下

---

1　即约翰·坦尼尔（John Tenniel，1820—1914），英国漫画家、插画家，因为《爱丽丝漫游仙境》绘制插画而闻名世界。

的动画人物阻止了：站得笔直的假海龟。鱼和青蛙侍应生们。渡渡鸟戴着一只华丽的袖筒登场。还有可怕的公爵夫人和厨师，而爱丽丝本人，忧郁地主持着一场没有结局的茶会，抱歉在座各位，这茶会不提供茶水。我不知道这轰炸式的大场面是自己的想象还是梦旅店招牌的磁荷提供的免费款待。

——现在如何？

——我的意识！我大叫，因为动画形象们成倍增加至危险的数量而心烦意乱。

——正苏醒的意识！招牌发出胜利的大笑。

我转过头，中断信号输送。事实上，我有些斜视，因此经常会看见这样跳跃性的场面，它们通常出现在我的右边。而且，一旦被彻底唤醒，大脑就乐于接收各种招牌的信号，但我不准备对一块招牌承认这事。

——我什么都没有梦见！我固执地吼了回去，穿过全是蝾螈的山腰下山去。

山脚下是一座矮楼，玻璃窗上，一英尺[1]高的字母平铺着拼写出"咖啡"这个词，下方有个招牌写着"营业"。大费周章让"咖啡"这个词上占了如此多的窗户空间，我推断他们卖的咖啡相当不错，甚至还可能有撒着肉桂粉的甜甜圈。不过当我把手伸到门把手上的时候，我注意到上面挂着块小招牌：停止营业。没有任何解释，没有写"二十分钟后回来"。我对咖啡的期望有了不好的预感，对甜甜圈的期望归零。我想大多数人都正因为宿醉而昏睡。尽管咖啡是彻夜纵情狂欢后最需要的救赎，你也不应该因为咖啡馆在新年第一天不营业而心理不平衡。

咖啡无望，我坐在室外的长椅上回想昨夜那些脱轨的时刻。在费尔摩[2]连续三场的演出到了最后一晚，我正奋力演奏着我的斯特拉托卡斯特吉他，某个梳油腻马尾辫的家伙弯腰吐在了我靴子上。在

---

1　一英尺约等于 0.3 米。

2　费尔摩礼堂（The Fillmore），美国旧金山一个有着极大文化影响力的音乐厅，在 20 世纪 60 年代中期是反文化运动的焦点，许多摇滚明星和乐队都曾在此演出。

2015 年最后一刻喘着气，然后径直吐进新年。好兆头还是坏兆头？哎，试着想想这世界局势，谁又能分辨其中差别？想到这事，我从口袋里翻找出一张平时留着用来擦拭相机镜头的金缕梅湿巾，跪下来擦干净我的靴子。我对它们说：新年快乐。

轻手轻脚走过招牌后，一系列稀奇古怪的词开始呼啸而来，我探进口袋找到一支铅笔，想要把它们记下来。"灰白色的鸟盘旋在夜色如尘的城市 / 薄雾装扮着流浪的草地 / 神话般的宫殿曾是一片森林 / 叶子就只是叶子。"这是灵感枯竭诗人症候群，宿命般从无常的空气中攫取灵光。就像让·马雷在科克多的电影《俄耳浦斯》中那样，把自己封闭在巴黎郊外一间巴洛克车库内的破烂雷诺车里，熟悉各种电台频率，在纸条上潦草地写下片段——一滴水中蕴含全世界，诸如此类。

回到房间后，我找到几袋雀巢咖啡粉和一只小电热水壶。我做了自己的咖啡，裹上毯子，打开移门，坐在面朝大海的小小露台上。有道矮墙阻碍了部分景色，但我有咖啡，能听见海浪，心满意足。

然后我想起了桑迪。他本该在这里，大堂另

一边的客房内。我们原计划在乐队去费尔摩演出之前到旧金山见面，做些我们经常做的事：在的里雅斯特咖啡馆喝咖啡，研读城市之光书店的书架，听着"大门"乐队、瓦格纳和"感恩至死"（Grateful Dead），开车在金门大桥上来来回回。桑迪·派尔曼，这个我已认识超过四十年、会抑扬顿挫地快节奏解构《尼伯龙根的指环》或反复即兴演绎本杰明·布里顿的家伙，总是会出席我们在费尔摩的演出，身穿烂塌塌的皮夹克，头戴棒球帽，坐在更衣室近旁帘幕后的老位子上，躬身对着一杯姜汁汽水。我们本打算在跨年演唱会后脱离大部队，深夜驾车穿越翻腾的薄雾前往圣克鲁斯，在他离梦旅店不远的秘密塔可餐厅吃新年午餐。

但这再也没有实现，因为在我们第一场演出的前夜，桑迪被发现独自倒在圣拉斐尔的一个停车场里失去了意识。他被送往马林县的医院，经受了脑溢血的折磨。

第一场演出结束后的早晨，莱尼·凯伊和我去了马林县医院的重症监护病房。桑迪陷入昏迷，全身插满导管，屋内笼罩着令人毛骨悚然的寂静。我们站在他两旁，答应会在精神上紧紧抓住他不放，同时保持开放的心态，准备拦截并接受任何信号。正像桑迪会说的那样，不只是爱的吉光片羽，而是要饮尽杯中所有。

我们开车回到日本城的酒店，几乎无法开口说话。莱尼拿过他的吉他，我们前往东西商场之间的走道上一家名为"桥上"的餐厅。我们坐在餐厅后方的绿色木桌前，两人都沉浸在无声的震惊中。墙壁是黄色的，悬挂着日本动漫海报，有《地狱少女》和《狼雨》，还有一排排更像平装小说的漫画书。莱尼点了咖喱炸猪排饭配朝日干啤，我点了飞鱼卵细意面和乌龙茶。我们吃着饭，肃穆地分享了一瓶清酒，然后步行走向费尔摩检查音效。除了祈祷以及在缺少桑迪热情洋溢的捧场下演出之外，我们什么都做不了。我们纵身跃入三个夜晚中的第一个，这些夜晚是返听、诗歌、即兴咆哮、政治和摇滚，带着令我无法呼吸的坚持，仿佛我们可以经由声波触及他。

在我六十九岁生日的早上，莱尼和我回到医院。我们站在桑迪床边，无视可能性的渺茫，发誓不会离开他。莱尼和我看向彼此的眼睛，知道我们并不能真的留下。无论多么漫不经心，还是有工作要完成，有演唱会要举办，有人生要活。我们被惩罚在他缺席的情况下在费尔摩庆祝了我的六十九岁生日。那天晚上，在《如果六是九》（"If 6 was 9"）的高潮部分，当歌词层层叠叠涌来，我在转身背对人群的片刻忍住了泪水，就在金门大桥的另一端，桑迪依旧毫无意识的景象浮现在脑海。

我们完成旧金山的工作后，我留下桑迪独自前往圣克鲁斯。我无法鼓足勇气取消他的房间，我坐在汽车后座上，他的声音萦绕不去："Matrix Monolith Medusa Macbeth Metallica Machiavelli"[1]。桑迪玩着他的 M 游戏，走向天鹅绒流苏，上面有标志一路将他带往"伊马吉诺斯"[2]的殿堂。

我坐在露台上，裹着毯子，像《魔山》中疗养院的场景。这时我感觉到一阵奇怪的头痛开始发作，

---

1 此处是桑迪在随机念出一串 M 字母开头的单词来玩游戏。

2 指"蓝牡蛎崇拜"乐队（Blue Öyster Cult）最重要的专辑之一《伊马吉诺斯》（Imaginos），以先锋和晦涩而著称。桑迪·派尔曼担任这张唱片的词曲作者和制作人。

几乎就像是气压计度数骤然改变。当我走去前台想要一片阿司匹林时，我留意到自己并不是住在底楼而是地下一层，更靠近海滩起始的山崖。我忘记了这事，走过漫长而灯光昏暗的走道时迷失了方向。无法找到通往前台的楼梯，我放弃了阿司匹林并决定返回。找钥匙的时候，我发现了一捆卷得很严实的纱布，厚度和一包高卢香烟差不多。我拆了三分之一纱布卷，有几分想要在里面找到留言，但什么都没有。我完全不知道它是怎么进我口袋的，只能重新卷好它，放回口袋，再次回到房间。我打开广播，妮娜·西蒙在唱《我对你下咒语》（"I Put a Spell on You"）。海豹们安静下来，我能听见远处的海浪声，西海岸的冬天。我陷进床铺，沉沉睡去。

在梦旅店，我肯定自己没有做梦，然而更多细想之后，我意识到自己确实做过梦。更确切地说，我曾在梦的边缘滑过。黄昏戴上夜色的假面，露面时仿若破晓，照亮一条我想要跟随的道路，自荒漠至大海。海鸥群聒噪鸣叫，海豹们正昏睡，只有它们那看来更像是海象的国王，抬起头来，向着太阳嘶吼。有种所有人都已离去的感觉，J. G. 巴拉德[1]式的离去。

沙滩上扔着糖果包装纸，成百张，或许上千张，它们散落于沙滩如同鸟类褪落的羽毛。我蹲下来仔细研究，往口袋里装了满满一把。有黄金手指（Butterfingers），花生丘斯（Peanut Chews），三个火枪手（3 Musketeers），银河（Milky Ways）还有露丝宝贝（Baby Ruths），全都打开过但没了巧克力的踪迹。四周无人，沙滩上没有足迹，只有半埋在沙堆里的手提录音机。我忘了带钥匙，但移门没有锁。当我重新回到房间时，看见自己依旧在沉睡，于是我等待，开着窗户等待，直到我醒来。

在自己的监视下，另一个我继续做梦。我遇到一块褪色的告示牌，宣告糖纸现象将一路铺展直到圣地亚哥，延伸至一小块我熟知的沙滩，就连着OB渔港。我跟随一串脚印穿过无边无际的沼泽，沼泽中被废弃的高楼散落各处，不断变换着角度。

---

1　J. G. 巴拉德（James Graham Ballard，1930—2009），英国小说家。他被认为是世界末日（或后世界末日）小说大师，其作品以摹写战争与末日场景著称。

修长纤细的大麻树在水泥裂缝中生长，枝叶像苍白的手掌从毫无生命的建筑中伸出来。当我抵达海滩的时候月亮已经升起，将老码头映成剪影。我来得太迟，所有的糖纸都已被扫进沙堆并被点燃，烧成一线漫长而有毒的篝火，尽管有毒但看来非常美丽，点燃的糖纸像人造的秋日落叶般蜷曲。

梦境的边缘，这不断变换的边缘。或许更像是一种天谴，一种前科学时代的事物降临，如同硕大骇人的飞虫群、漆黑的云层，让踩着自行车的孩子们脚下的道路陷入黑暗。现实的边界被以这种方式重置，使得纵横交错的道路有必要用地形图标注。需要一点地理学的思维将一切规划。书桌抽屉的深处有两块邦迪，一张褪色的明信片，一支粉笔，还有一卷透明绘图纸，这似乎是令人难以置信的好运气。我把绘图纸贴到墙上，试图画清楚一片毫无可能的景色，却只拼凑出一张零碎的图表，画的都是孩子藏宝图式的无稽之谈。

——用用你的脑子，镜子斥责说。
——用用你的脑子，招牌劝告道。

J. G. 巴拉德式的离去

我的口袋里装满了糖纸。我把它们铺在明信片旁边的桌面上，明信片上是 1915 年圣地亚哥巴拿马世界博览会，让我想着或许该去圣地亚哥并亲自检查一下海滩。

在我一无所获的分析过程中，食欲却涨了起来。我在附近找到一家名叫露西的复古餐厅，选了黑麦芝士汉堡，蓝莓派和黑咖啡。在我身后的卡座里有几个孩子，或许才十多岁。我没有留意他们说了什么，他们的声音更吸引我，仿佛是从点唱机里飘过来，一台投币点唱机，装在了餐桌上。点唱机小孩们在低声说话，嗡嗡低语渐渐变为清晰的字句。


——不，是两个词，形容词和名词的组合。

——不可能，它们是两个不同的词，就不是组合，只是两件不同的物品。一个是形容词，一个是名词。

——那是一回事。

——不是，你说了组合。这不是组合。它们是分开的。

——你们都是傻瓜，一个新的声音说道。突然的静默。他一定很有影响力，因为他们都闭嘴静听。

——它是一件物品。一种描述。我告诉你们，它是一件物品。糖纸是一个名词。

这吸引了我的注意。是巧合还是什么？嗡嗡声像干冰块上的雾气升腾。我拿起账单，漫不经心地来到他们的卡座。四个咄咄逼人的怪咖。

——嘿，你们知道这是什么吗？我摊开一张糖纸。

——他们把"丘斯"（Chews）拼错了。用了字母 Z。

——你们知道它是哪儿来的吗？

——可能是中国造的假货。

——好吧，如果你们听说了什么就告诉我。

当他们用越来越好笑的表情注视我时，我捡起那张冒牌的花生丘斯糖纸。不知为何，我没有发现过那个错误的 Z。收银柜台前的女人正在打开一卷硬币。我意识到自己忘记给小费，于是回到我的卡座。

——顺便说一句，我停在他们面前说道，糖纸绝对是一个名词。

他们站起来，快速与我擦身而过，没有留下小费。我留意到他们每个人都有一只带黄色横线的蓝色背包。最后离开的那个人瞟了我一眼。他有深色的卷发，右眼略微游移，有点儿像我。

我的手机在震动。是莱尼打电话来告知桑迪的病理报告，根本没有任何说法。稳定的静默需要耐心和祈祷。我晃进一家二手商店，冲动地买下一件旧扎染的"感恩至死"汗衫，上面有杰瑞·加西亚[1]的头像。里面有两个小书架放着一摞摞《国家地理》杂志、斯蒂芬·金的小说，游戏光盘和随意摆放的激光唱片。我找到几本往期的《圣经考古学评论》，一本破旧的平装版钱拉·德·奈瓦尔的《奥蕾丽亚》。所有物品都很廉价，除了那件"杰瑞"汗衫，但物有所值，他的微笑散发着强烈的爱的化学效应。

回到房间，我惊讶地发现有人已经把我的图纸

---

1 杰瑞·加西亚（Jerry Garcia，1942—1995），"感恩至死"乐队的主唱与主音吉他手，被视为该乐队的领袖人物。

从墙上揭下并卷好。我把"杰瑞"汗衫放在枕头上，扑通一声躺进安乐椅，翻开了《奥蕾丽亚》，但几乎没能读完充满诱惑的第一句："我们的梦境是第二场人生。"我迅速盹着了，陷入一场大革命式的梦境，法国式的，有穿宽松汗衫和皮马裤的年轻人。他们的头领被皮带绑在一扇沉重的大门上。一个追随者举着火把走上前去，当火焰吞噬厚厚的绑带，他稳稳地举着火把。头领获得自由，他漆黑的手腕起了水泡。他唤来他的马，然后告诉我他组了一个叫"发光名词"的乐队。

——为什么"发光"？"闪光"更好。

——没错，但"闪光马"[1]已经用掉了"闪光"。

——为什么不就叫简单的"名词"呢？

——名词。我喜欢，领头人说，就叫"名词"了。

他跨上他的斑点花纹阿帕卢萨马，缰绳擦过他手腕时，他疼得龇牙。

——好好处理它，我说。

1 闪光马（Sparklehorse），又译作天马乐团，美国的一支独立摇滚乐队。

他有深色的卷发和一只游移的眼睛。他点了点头，策马与乐队向远处的大草原进发，停下来从湍急的溪流中取水时，同样带着错误拼写的糖纸像五颜六色的小鱼出现在水流中。

我猛然醒来，看了下时间，几乎没过多久。我心不在焉地拿起一本《圣经考古学评论》。我一直喜欢读这本杂志，像侦探读物的分支，总是即将要发掘出一块阿拉米语[1]碎片，或者正追索诺亚方舟的遗迹。封面就很诱人。"死海中的死亡！""扫罗王有没有被钉在伯珊墙上？"[2]搜寻我的记忆，能听见妇女们欢庆自己丈夫凯旋时嘹亮的真言："扫罗杀死千千，大卫杀死万万。"我从抽屉里找到一本基甸会的《圣经》，但它是西班牙语的，这时我想起来，当扫罗被敌军的箭射伤，他故意倒在了自己的剑上，

---

1 阿拉米语是古代中东的通用语言之一，《旧约全书》中相当一部分是用阿拉米语写就的，因为它也被认为是耶稣用来布道的语言。

2 扫罗，以色利联合王国的开国国王。《旧约全书》中，扫罗与他的三个儿子在与非利士人战斗时战死。非利士人在扫罗死后攻城掠地，寻得其尸首并将其尸身钉在伯珊的城墙上，以此炫耀武功。

免去了被非利士人嘲笑和折磨的屈辱。

我搜索房间寻找另一件转移注意力的消遣，然后拿上毯子回到阳台上，花了几分钟时间研究花生丘斯糖纸但毫无头绪。我能清晰感觉到有什么即将发生。我害怕会是影响深远的事件，一件突如其来的意外或者更糟，一场盛大的悬而未决。想到桑迪，我浑身战栗。

几小时匆匆而过。我出门散步，绕着酒店走了半圈，经过一块向杰克·奥尼尔致敬的纪念牌，这个著名的冲浪者发明了一种新型的潜水服。我试着回想《怀春玉女》[1]系列电影中的冲浪者们，特洛伊·多纳休穿潜水服吗？蒙多吉呢？他们真的冲浪了吗？我试着避免抬头看向梦旅店的招牌，这时风势突然加强，棕榈树弯曲晃动，一种克制的傲慢攻击了我。

---

1 《怀春玉女》(Gidget)是好莱坞第一部著名的冲浪题材电影，改编自弗雷德里克·科纳 1957 年的小说。"Gidget"为英语中"女孩"(girl)和"侏儒"(midget)的合词。后续美国出现更多包含该"玉女"形象的冲浪主题电影、电视剧等。

——开始做梦了，是吧？

——没有，什么都没梦见。我坚称，没有梦。没有梦。一切照旧，什么都没有发生过。

招牌彻底变成了动画，旁敲侧击、循循善诱地激励我，用作废的电话号码和特定专辑的曲目顺序混淆我的大脑，比如《白兔》（"White Rabbit"）[1]之前的歌曲，或者《准女王简》（"Queen Jane Approximately"）和《恰似大拇指汤姆蓝调》（"Just Like Tom Thumb's Blues"）之间的歌曲。究竟是什么来着？噢，是《瘦男人歌谣》（"Ballad of a Thin Man"）[2]。不对，这根本不对，但与此相关的想法让副歌部分开始循环播放——"有些事正在发生，但你不知道是什么"。几乎就是另一场挑衅。不知为何，那该死的招牌知晓一切，我的来去，我口袋里

---

1 《白兔》是美国摇滚乐队"杰弗森飞机"（Jefferson Airplane）的著名单曲，灵感来源自《爱丽丝梦游仙境》。该单曲在《滚石》杂志评选的"史上最伟大歌曲500首"中位列第478名。

2 以上三首歌皆来自鲍勃·迪伦的著名专辑《重访61号公路》（Highway 61 Revisited）。

乌鲁鲁（艾尔斯岩）

有什么，包括糖纸，我的 1922 年纪念银币，以及一块艾尔斯岩红色表面的小碎片，我将在漫步于乌鲁鲁[1]的小路上时找到它，我还未踏足其上。

——什么时候出发？你知道，飞行时间很漫长。

——你说的是什么地方？我哪也不去，我含糊其词地说，试图隐瞒关于未来旅程的所有想法，但那块单体巨石顽固地隆起，像醉酒的潜水艇浮出我的脑海。

——你会去！我看到了。都写在墙上[2]。红色尘土到处飞扬。大家只需看看预兆。

——你怎么可能知道这些？我质问道，恼羞成怒。

——非常识，招牌回答。拜托！乌鲁鲁！它是世界的梦境之都。你自然会去！

---

1　乌鲁鲁（Uluru），又称艾尔斯岩，是位于澳大利亚近乎地理中央处的大型单体岩石，离它最近的大镇爱丽丝泉 355 公里，因砂岩含较多铁粉外观呈红色。乌鲁鲁是阿南古人的圣地，如今已被列为世界遗产。

2　在《圣经》中，上帝显形为神秘之手在墙上写字，预示巴比伦王国即将覆灭。后人便以"写在墙上的字"作为"恶兆"的隐喻。

一对情意绵绵的情侣经过，这时招牌就只是一块招牌，静默而无懈可击。我站在它前面琢磨目前的情况。我寻思着，梦境的麻烦，在于人会被拽入一个根本没有奥秘的无解之谜，引发荒诞的论断和争辩，得出的结论没有一个具备现实依据。一切也都让人联想到爱丽丝和疯帽子之间迷宫般的插科打诨。

另一方面，招牌也搜集到了我过于真实的盼望，想要去往澳大利亚的荒野中央看一看艾尔斯岩。山姆·谢泼德经常说起他去往乌鲁鲁的孤独旅途，以及某天我们或许该一同前往，在周围的小镇闲逛，开车驶过澳大利亚的内陆地区，再沿着这片斯芬克斯凝视的平原的边缘行驶。但山姆得了 ALS（肌肉萎缩性侧索硬化症），当他的健康难题显现，所有大致正在制订的计划分崩离析。我怀疑命运是否正——用招牌的语气——向我暗示只能独自去看红色岩石的可能性，但一定要带上山姆，是我未知的一部分自我早就确定的事。

是时候找些吃的了。我经过热闹的码头，漫无目的地走过几条小巷，停在棕榈塔可酒吧门前。尽管我从未来过这个地方，但不知为何感觉熟悉。我坐在最里面，点了黑豆和鱼肉塔可。咖啡的味道带一丝阿兹特克巧克力的强烈。绝对是桑迪的口味。这会是他的秘密塔可餐厅吗？似乎有些什么干预了我所谓的随性之举。我点了第二杯，慢慢喝着，开始毫无逻辑地感觉对梦旅店这一带产生了依恋。最好离开这里，我想着，否则最终我会像《魔山》里的士兵那样上山之后再也没有下来。我闭上眼睛，回想我房间的景象，能看见移门向着咆哮的海浪敞开，海浪被一道矮墙遮挡，不过是一道水泥墙，或许粉刷过，除非水泥也可能是白色的。

——它可以是任何颜色，看在老天的分上。很多颜料。各种颜料。

难道那个招牌一路跟着我来到了前街？

——你是说猪的肉[1]吗？我轻声说。对海边料理来说是个奇怪的建议。你该说的是特色海鲜餐，马鲛鱼和那种赶时髦的凉拌蔬菜丝，这道菜我从没喜欢过。

——凉拌蔬菜丝不是一道菜，它是配菜。还有，是颜料，不是猪肉。

我匆匆灌下咖啡，拒绝任何进一步的信号传输，付好账然后快步赶回去。我有几句话要当面和那块招牌讲。

——你好像有点气急败坏，我说，逐渐占据上风。

招牌嗤之以鼻。

——看起来还有点苍白。你自己就需要一点颜料，或许稍微涂一点天蓝色为你可怜的星星润润色。

——哼嗯。我可以告诉你一两件颜料上的事。招牌以微弱优势还击道，比如说，水的秘密颜色，以及它的颜料可以在哪里找到，就在地下若干里

---

1 猪的肉（pigmeat）与前文的颜料（pigment）谐音。

格 [1] 的地方，那里一点水都没有。

显然我踩中了痛处，因为我突然一阵头晕并被困在透明的旋风中。脚下一道闪电，黑洞打开，我双膝跪下，看见一个低洼的迷宫，藏匿着一堆堆珍贵宝石、黄金古玩和羊皮卷。这是我孩提时代想象过的神奇地下世界，有精灵、地精和阿里巴巴的山洞。这些事物真的存在让我满心欢喜。喜悦后紧随着懊悔。一块顽固的云飘过太阳，空气中的寒意上升，接着一切避无可避。我站在我身份显要的对手面前等着接受质询。

——有很多种真相和许多个世界。招牌严肃地说。

——是的，我说，心怀万分的谦卑。你是对的。我确实做过梦，很多的梦，而且它们远不只是梦，仿佛发源于意识最初的觉醒。是的，我肯定做过梦。

招牌变得十分沉默。棕榈树不再弯曲，一阵甜

---

1　里格（league），测量陆地和海洋的古老长度单位，测量陆地时一里格约等于三英里，测量海洋时一里格约等于三海里。

美的寂静笼罩着山丘。

坐在拼写出"咖啡"这个词的那些过于庞大的字母下面时，我遇到了一对要开车去圣地亚哥的夫妻。我将这当作一个吉兆。八小时的车程，我可以支付八十五美金同行。我们约好早上碰头。规则是不许交谈。我草率地答应了，没有多加细想。

那天夜晚，尽管寒冷，我步行经过整个圣克鲁斯码头，美国最长的木质栈桥，半英里[1]长。淘金潮时期它曾被用于将旧金山的土豆装船运往内华达山脉。尽管平时很热闹，那天栈桥上空无人迹，头顶没有飞机经过，目力所及没有船只，只有熟睡的海豹们在呻吟喘息。

我打电话给莱尼，告诉他我有段时间不会回去。我们心情沉重地谈起桑迪。我们彼此都认识这么多年。1971年我们在我的诗歌演唱会后结识，莱尼弹

---

1　一英里约等于1.6千米。

电吉他为我伴奏。桑迪·派尔曼两腿交叉坐在圣马可教堂的地板上，穿着皮衣，吉姆·莫里森式的打扮。我已读过他的《洛杉矶历史摘要》，关于摇滚乐的最伟大的文章之一。演出之后，他告诉我我应该担任摇滚乐队的主唱，但我只是一笑置之，并告诉他我已经在书店有一个很好的工作。然后他继续谈到刻耳柏洛斯[1]，哈迪斯的守门犬，建议我挖掘一下它的历史。

——不仅仅是一条狗的历史，而是一个观点的历史。他说，雪白的牙齿闪闪发亮。

我觉得他很自以为是，尽管是一种充满魅力的自负，但他认为我应该担任摇滚乐队主唱的建议，虽然不大可能实现，却也很有意思。那时，我正和山姆·谢泼德约会，就告诉了他桑迪说的话。山姆只是全神贯注地看着我，告诉我说我可以做任何事。

---

1 刻耳柏洛斯（Cerberus）是希腊神话中看守冥界入口的恶犬，所以也称为地狱犬，哈迪斯则是希腊神话中的冥王。

彼时我们都很年轻，这是一个共识。就是我们可以做任何事。

现在桑迪在马林县，统改医院的重症监护室昏迷不醒。山姆正与他月亮般变幻的病痛拉锯。我感觉宇宙正往很多个方向撕扯，怀疑一些特异的力场正在覆盖另一个力场，这个力场在它的交点上有一座小小的果园，结着一个沉甸甸的果实，内藏一个玄妙无解的核。

早上我和那对夫妻在路边碰头。他们极其不友好。我必须把咖啡倒在路边这样就一点都不会洒出来，还要先付钱他们才让我上车，这车破烂不堪。地板上扔着驱蚊剂罐子和特百惠保鲜盒，皮座椅仿佛被锯齿状刀刃开膛破肚。各种犯罪场景掠过我的脑海，但他们选的音乐非常棒，是我几十年没有听过的曲调。第六首歌是查理·格雷西的《蝴蝶》（"Butterfly"）。播完后，我情难自已。

——好棒的歌单啊，我脱口而出。

他们出人意料地突然将车停在路边。男人下车打开我的车门，朝我点头。

——我们说好不交谈的。这是基本原则。

——请再给我一次机会，我说。


男人不情不愿地开动了汽车，我们出发。我想问是否可以跟着唱，或者一首超级好的歌播放时能否惊诧吸气，当然目前为止歌曲都很不错，从极适合跳舞的到神秘晦涩的都有。《哦，唐娜》（"Oh Donna"），《夏日时光》（"Summertime"），《你好（我是山姆叔叔）》（"Greetings(This Is Uncle Sam)"），《我的英雄》（"My Hero"），《无尽的睡眠》（"Endless Sleep"）。我怀疑他们来自费城，老派的城市，歌曲是那种风格的。我顺从地静默而坐，在脑海中唱着歌，回想起青春期跳过的那些舞和一个叫"魔力小男孩"的男生，他是来自南费城的金发意大利裔，很少说话却随身带着一把弹簧刀，他悠游过家庭作业的大地，进入单相思少女内心寂静的密室，那里锁着流连忘返的梦境。

当我们停车加油时，我拿着背包去了厕所，洗脸刷牙，买了一杯咖啡外带后带着完美的沉默回去，正好看见他们径直加速消失在被遗忘的蓝调歌曲组成的地平线。搞什么鬼？好吧，《我的英雄》，我喊道，是首好歌！是谁放了《无尽的睡眠》或者《你好（我是山姆叔叔）》？我站在那里，把自己在沉默中仔细玩味过的所有好歌都报了一遍。

一个警卫朝我走来。

——没事吧，女士？

——哦，没事。抱歉。我刚错过了去圣地亚哥的车。

——嗯。我的儿媳要开车去圣地亚哥。我确信如果你分担油钱的话，她会带上你。

她名叫凯米，她有一辆雷克萨斯。我坐在前座上。车后座上装满了写着"腌渍"的箱子，还有几只写着"雅芳"。

——后备箱里都是金属盖玻璃罐，她说。它们是为一个朋友准备的。她有一家有机餐厅。我为她腌制所有东西。洋葱，西红柿，黄瓜，嫩玉米。她在餐厅里出售。还有一家专门卖美味热狗的地方向我订很多佐味酱汁。

凯米是个开快车的司机，这对我不是问题。她还是非常健谈的人，一边说话一边换着电台，接着又突然和音响中不知来自哪里的声音开始对话。她戴着很小的耳机，第二只手机充着电。凯米从来不停止说话。她会提出问题，然后以她的角度回答。我几乎一个字都没有说。依旧沉默着，但是不同的沉默。终于，我问她有没有听说 OB 码头上有人乱扔糖纸的事。

——不会吧，她说，太诡异了，雷东多海滩也发生过同样的事，但不是在海滩上，确切来说是在煤气厂后面。几百张，或许有几千张。太疯狂了，对吧？

——是啊，我说，然而并不疯狂。它看起来策划周详。

——你听说失踪儿童的事了吗？

——没有，我说。

她的电话响了，她开始滔滔不绝地说起订单信息，毫无疑问是在和她的泡菜帝国连线。

——整个世界都要疯了。她继续说道，去年春天我在昆斯，我姐姐的杜鹃花提前几个星期开了花。接着不知怎么就来了场霜冻，它们都死掉了。我是说如果事先得到警告的话，你可以用麻袋把植物盖起来，但这都在一夜之间发生了。那些全部死掉的花啊，她心都碎了。还有中央公园里的松鼠——你听说了吗？天气太暖了，它们都从冬眠中醒来，彻底懵了，持续一段时间后四月又下雪，就在复活节左右。复活节下雪！十天后，那些拿着长钳子捡垃圾的人找到了它们。几十只，小松鼠和它们的妈妈，冻死了。太疯狂了，我告诉你。整个世界都要疯了。

凯米把我送到 OB 码头边的纽波特大街，我给她一张五十美金，她朝我抛了个媚眼然后离去。我住进老旧的圣文森特酒店，酒店和它的名号一样数十年没有多少改变。我很高兴回到二楼的同一间客房。我曾想象生活在这个房间里，笼罩于黑暗之中，写着侦探小说。我打开窗户，看向窗外长长的渔码头和码头上孤零零的咖啡馆，这场景在我内心唤起一阵因宜人的乡愁而起的痛楚。风有些大，海浪的

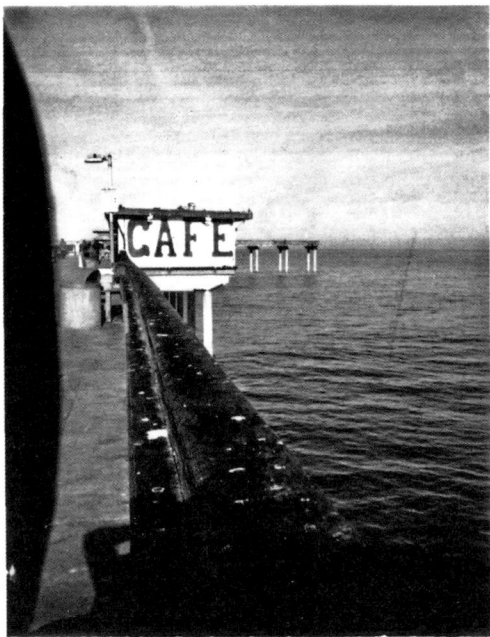

OB 码头，WOW 咖啡馆

声响似乎将来自别处的呼唤放大，更显得梦幻而并非真实。

　　我在水池里搓洗了自己的脏衣服并把它们悬挂在淋浴房里晾干，然后抓起外套和水手帽，到沙滩上快步兜了一圈。当我四处闲逛时想起来凯米还没有说完失踪儿童的事。无论如何，没有糖纸的围攻，没有任何不寻常的事。我走过整个栈道径直走向WOW咖啡馆。从远处，我能看见一只鹈鹕停在面向大海的墙上，墙上用巨大的蓝色字母写着"Café"。另一个让我心生愉悦熟稔感的景象。那里做咖啡的人和上帝有往来。他们的咖啡不来自任何地方，不是科纳、哥斯达黎加或是阿拉伯的咖啡豆。就只是咖啡。

　　WOW意料之外的拥挤，于是我坐在共用咖啡桌的末端。桌子主要被两个男人占据了，他们自称赫苏斯和欧内斯特，另一位招贴画似的金发美女维持姓名不详的状态。赫苏斯来自圣地亚哥。我说不上欧内斯特的来历，或许是墨西哥人，又也许是俄罗斯人。他的眼睛像情绪戒指一样变幻，从纯灰变成巧克力色。

我发觉自己被他们的对话吸引，对话围绕一系列近期发生的可怕凶杀案展开，但是听明白一些要点后，我意识到他们其实是在争辩罗贝托·波拉尼奥的巨作《2666》中，第四部分《罪行》写到的那些发生在索诺玛的凶杀案是真实的还是虚构。陷入僵局时，他们期待地看向我，毕竟我已经偷听了好几分钟。读过并且重读过这本书的我说，谋杀很可能是真实的，他笔下的那些女孩是真实女孩的象征，并不一定是女孩本人。我提到曾听说波拉尼奥从退休警探那里获得过一个卷宗，记录了几宗发生在索诺玛的年轻女孩遇害悬案。

——是的，我也听说过，欧内斯特说，然而没有人可以肯定流传的这个关于警探的传说是真实的，还是为了给一份虚构的警察报告增加可信度而编造的。

——也许它们是从警察报告中摘取的描述，但名字改掉了，赫苏斯说。

——这样的话，好吧，我们就说它们是真实的吧，那被波拉尼奥放进一部虚构作品中会不会让它

38

们也变成了虚构呢？欧内斯特问道，他变幻的眼睛偷偷打量我。

我心里有一个答案但我什么都没说。我思考着书中那些命运掌握在垂死的作家们手里悬而未决的角色会遭遇什么。讨论逐渐平息，我点了海鲜蔬菜杂烩汤和饼干。菜单背面有咖啡馆的历史。WOW是"walking on water"（行于水上）的缩写。我想起了奇迹，想到了桑迪毫无意识。我为什么要离开？我想过要住在医院附近，彻夜祈祷，用语言劝诱出一个奇迹，但我没有，可怕的看似无菌的走廊和看不见的细菌室，触发了自救的本能和压倒一切的想要逃跑的渴望。

赫苏斯和欧内斯特又恢复了节奏，越来越激烈地交谈着，有时切换到西班牙语，我没留意到话题什么时候转到了《2666》的开头段落《关于评论家的部分》。他们尤其关注评论家们的梦。一个是关于无边无际的邪恶的泳池，另一个关于流水构成的躯体。

——作家必须熟知笔下的人物才能触及他们的梦境，欧内斯特说。

——谁创造了那些梦呢？赫苏斯问道。

——好吧，如果不是作家又会是谁呢？

——但作家会编造人物们的梦境还是将真实的梦境编排给人物们呢？

——这都是透明度的问题，欧内斯特说。他们睡觉时，他会看穿他们的头骨。好像它们是水晶做的那样。

金发美女停止了在她的凉拌蔬菜丝中挑挑拣拣，从她的手袋里拿出一包烟。香烟看起来像外国烟，白色的壳上印着带红色徽章的"菲利普·莫里斯"字样。她把烟放在桌子上的翻盖手机旁。

——更令人印象深刻的是他使用空行的另类方式，她说，深吸了一口烟。"水是活水"，他写道，然后他安排了一个大换行。读者被遗弃在一个漫长、黑暗并且没有边际的泳池中央，和车内胎相差无几的地方。

我们都迷惑地瞪着她。突然之间她显得比我们这些人要高明得多。谁会提到换行并以此结束一场对话?

这是出去换换空气的好时机。我走到栈道尽头,想象桑迪戴着他的棒球帽正要把他的白色厢式货车停进车位,车内风格是学究气的收集癖,堆满了书籍,资料,扬声器零件和过时的电脑。他年轻的时候有一台跑车,我们会驾车驶过中央公园,停在木瓜国王快餐厅门前,或是一路开到曼哈顿尽头。这一路走来的某个节点上他把车换成了厢式货车,九十年代,波特兰的一次演唱会结束后,我们开车去阿什兰的俄勒冈莎士比亚戏剧节观看现代版《科利奥兰纳斯》。桑迪热爱莎士比亚,尤其是《仲夏夜之梦》。把男人变成驴的概念让他着迷。我告诉他,卡洛·科洛迪在《皮诺曹》里让调皮捣蛋的男孩上当受骗变成了驴。但巴德先变成了驴,桑迪带着胜利的语气反驳。

有段时间我们策划过一个根据美狄亚的故事改编的歌剧。不是那种需要歌者经过毕生练习来演绎的传统歌剧,但也算是歌剧。他要我扮演美狄亚。我告诉他我年纪太大不能扮演这个角色,但桑迪说美狄亚只需要令人望而生畏，我能游刃有余地处理好她那如破碎镜子发出的刺目光芒。

——爱的碎片，帕蒂，他会说。爱的碎片。

我们在深夜为他找一处地方买芝士蛋糕时，无休止地谈论着这样的话题。我们的《美狄亚》。我不知道自己最终会不会写这出剧。我猜我们已经以某种方式写完了它，在那辆货车里，在头顶闪烁的群星下。

桌旁的情况没有发生任何改变，而话题不知怎么变成了赛狗。金发女郎的前未婚夫在圣彼得堡拥有不下三条冠军犬。

——俄罗斯有赛狗？
——没有。看在上帝的分上，是佛罗里达有。
——我们该走了。我们可以坐灰狗巴士从伯班克到坦帕。
——是啊，起码要换三次车。但他们现在要把它关停，我是这么听说的。有很多与狗有关的坏消息，很多训练有素的灵缇失业了。

——比赛犬不会失业。

——他们会把它们都干掉。

她把一张热纸巾按在眼睑上，融化粘贴超长睫毛的胶水。

——你能用这睫毛杀人。


金发女郎突然站起身来。她真的不同凡响，头脑聪明又有简·曼斯菲尔德的身材曲线。

赫苏斯和金发女郎离开了。欧内斯特把包着睫毛的纸巾团放进口袋。他似乎在盘算着什么。他在那里坐了几分钟，旋转一枚竖起来的硬币，接着他拿起硬币离开。我有极为奇怪的感觉，欧内斯特并不是陌生人，但我想不起来他是谁。我全神贯注地沉浸在一文不值的思绪中直到太阳落山。打烊时间到了，WOW 从来不是夜间咖啡馆。


晨光流过薄薄的床单。片刻的时间，我以为自已回到了梦旅店。我饿了，匆匆走下楼梯，经过一些在海滩上玩球的孩子，走过栈道回到 WOW 咖啡馆。我点了煎蛋和豆子，喝着第二杯咖啡沉浸在马丁·贝克为主角的悬疑小说《萨伏伊谋杀案》中。欧内斯特穿着麂皮鞋无声地走进来，停在我对面。

——《大笑的警察》更好看，他说。

——是啊，我说，很惊讶看见他。但我已经读了两遍。

我们坐着聊了一会。我不禁惊讶于彼此之间的松弛感，能从一个晦涩的话题谈到另一个，从瑞典的罪案作家聊到极端气候。

——你怎么看这事？他问。

一张泛黄的 2006 年剪报。《"欧内斯特"飓风增加死者数量》。照片里是一小块墓地和翻倒的墓碑。

——这发生在弗吉尼亚？

——发生在靠近弗吉尼亚海岸的小岛上。名字和我一样。

——小岛？

——不，是飓风。

他小心地把剪报折好后塞进一只破旧的蛇皮钱包里，这时一张小小的黑白照片掉了出来。我瞄到照片里是穿暗色花朵图案裙子的女人和一个小男孩。我想问他照片的事，但他突然显得很不自在。我转而告诉了他我在圣克鲁斯做过的梦，颜色错误的糖纸，黄昏中的篝火，和包裹我的化学反应般的奇异平静感。

——有些梦根本就不是梦，只是另一个角度下的真实现实。

——我该怎么理解这话呢？我问。

——梦境的关键在于，欧内斯特说道，方程式以截然不同的方式解答，清洗的衣物在风中变硬，我们死去的母亲背对着我们出现。

我只是盯着他，思考着他让我想起了谁。

——听着，他继续压低嗓音说，篝火还没出现呢。之后你会在沙滩上看见它们，恰好就在黄昏时分。


天空中都是云，弥漫着一种奇特而不合逻辑的光亮。我想要计算出黄昏的确切时间。如果手机没有电量耗尽，我就很可能在手机上查看到。回去的路上我脱掉了靴子，走在冰冷的海水中。作为一个不会游泳的人，这是我能走出的最远距离。我想起了桑迪，想起了罗贝托·波拉尼奥，只有五十五岁，死在一间医院里，而不是崎岖海岸的山洞，或者柏林的一间公寓，或者他自己的床上。

期待着欧内斯特指定的时刻，我留在附近。整个下午都在酒店窗边的白色折叠小桌前写作。我的笔记本内页里夹着我女儿的照片。她微笑着却似乎正在流泪的边缘。我写招牌，写陌生人，但从不写我孩子们的任何事，尽管他们一直都存在。太阳依旧高悬。我感觉自己正在放弃抵抗，被它们抽象的静止征服。

我猛然惊醒。我不敢相信自己又睡着了，而且，还是在折叠小桌旁。我迅速架好熨衣板，带黄色油布套的可携带熨衣板，卷开潮湿的裤管，把沙子抖出来然后熨干，接着冲下楼梯跑过沙滩。已经傍晚，但我觉得欧内斯特应该还在。然而我可能比我以为的睡得更久，因为我看来错过了活动，周围没有人，只有一长条冒烟的火苗。我感到片刻的恶心，仿佛吸入了亡灵的烟雾。

两个警卫突然出现，指控我点燃了违法的篝火。我发现自己说话含糊不清，无法回答他们的提问。因为某些原因，我想不起来自己在这里做什么，不仅仅是火的事，连为何会在这里都想不起来。我撕开烟雾。桑迪在医院里。我们本来要去梦旅店写《美狄亚》中的一幕戏，戏中她陷入恍惚，去到未来，身上穿着黑袍，袍子上有一串串的硕大琥珀珠，都雕刻成神鸟的脑袋。

——是一场歌剧，我告诉他们。美狄亚脱掉凉鞋，穿行在篝火浓烟混混的余烬中，面无任何表情地经过一堆又一堆灰烬。

他们看起来和我一样困惑。我在制造糟糕的印象但无法组织更好的语言。他们给了我警告，用海滩条约、规则和罚款向我宣教。我快步回到房间，警告自己不可以回头看。是欧内斯特告诉我关于篝火的事，黄昏时分的聚会。我为什么无法说出来？我开始觉得他发明了某种语言上的触发装置，可以

我可以就在那里生活一阵子

暂时关闭端口。那就是，指向他的端口。一个相当好的装置，我思考着，但如果使用不当的话也是极为棘手。我尝试设想是哪种不恰当的使用方式，却都过于牵强。你在做梦，我告诉自己，看向长长的码头在月光下的剪影。同一时刻，山上的招牌被黑色蚊帐覆盖的画面一闪而过。

清晨。第一道光线，正隐没的月亮依旧可见。我其余的衣物已经晾干于是我把它们叠好，然后坐在窗边看完了《萨伏伊谋杀案》。故事快结束的时候，《大笑的警察》中被杀害的警察的遗孀和侦探马丁·贝克在斯德哥尔摩的一间酒店上了床，这是我从来没有预料到的事。马路对面的海鸥们在争夺三明治的残屑，海滩上没有任何篝火的痕迹。

回到 WOW 咖啡馆，我决定把篝火的事全部抛诸脑后，点了咖啡和肉桂吐司。这地方很空，感觉到归我所有的自在。我希望我可以就在那里生活一阵子，在 WOW 咖啡馆，住在它除了一张折叠床、一张写字的桌子和头顶的风扇外别无他物的里屋。每天早晨我会用白铁壶给自己做咖啡，草草做一些豆子和鸡蛋，读着报纸上当地发生的事。只是个议定区。没有规则，没有改变。但最终一切都会起变化。这是世界运行的方式。死亡与重生的循环，却并不总是以我们想象的方式。比如说，我们可能会以不同的面貌重生，穿着永远不可能会在死亡时穿的那种衣服。

从洞中往上看，我感觉自己在燃烧，我辨认出欧内斯特正和赫苏斯说话，赫苏斯似乎极为焦虑。欧内斯特把手放在朋友的肩上，赫苏斯镇定下来，经过他身边后骤然离去。欧内斯特坐下来，告诉我发生了什么。赫苏斯和金发女郎要去洛杉矶市区的灰狗巴士站，两天又十九小时的车程去迈阿密，然后租车去圣彼得堡。


——赫苏斯好像情绪不好。

——穆丽尔行李太多了。

金发女郎有了名字。

——你把睫毛还给她了吗？

——一只海鸥俯冲下来带走了它们，很可能它们是鸟巢的组成部分。

我躲避他的凝视，似乎是为了避免识破他在撒

50

伯班克，灰狗巴士站

谎。用我的意念之眼，我能非常清晰地看见它们，不用费一丁点力，它们裹在同一个纸团里，放在一张旧书桌上，书桌上方的油画里画着一座灯塔被画工拙劣的迷雾包围。我留意到他放在桌上的书是帕斯卡尔的《算术三角形》。

——你在读那本书吗？我问。

——你不会读这样的书，你吸收它们。

这话在我看来很有道理，我也肯定他计划好了一系列的退路，不过是为了要将我从篝火的话题上引开，但我冲动地抛出了我的话题，只为变换角度。

——你知道吗，几年前我在布拉内斯。

他困惑地看着我：显然他猜不透我说这话的用意何在。

——布拉内斯？

——是的。它是一个六十年代风格的加泰罗尼亚海边小镇，波拉尼奥直到去世都住在那里。他是在那里写的《2666》。

欧内斯特突然变得非常严肃。他对罗贝托·波拉尼奥的热爱是某种几乎可以触碰到的存在。

——很难想象对他来说那会是什么感觉，向终点冲刺着。他掌握了很少有人具备的能力，像福克纳或普鲁斯特或史蒂芬·金，写作和思考不断加剧的能力。日常练习，他称之为。

——日常练习，我重复道。

——他在《帝国游戏》中开门见山地说了。你读过吗？

——我到半路没有读下去，这书让我紧张。

——为什么？他问着，俯身过来。你觉得会发生什么？

——我不知道，一些不好的事，一些因误解而滋生的坏事即将失控，就像《王子与贫儿》。

——你说的事真可怕。

——是的，我觉得是这样。

他扫了一眼我摊开的笔记本。

——你的写作会激发那种感觉吗？那种紧张感？

——不会。可能只有一种喜剧式的紧张。

——《帝国游戏》。不过是一种棋盘游戏的名字。他对游戏着迷。游戏只是游戏。

——是的，我想是的。你知道吗，我见过他的游戏棋。

欧内斯特兴致高涨，仿佛弹子机完全向着玩家取胜运行。

——你见过它们？波拉尼奥的游戏棋！

——是的，当我在布拉内斯的时候，我参观了他的家。棋放在壁橱的柜子上。我拍了一张照片，尽管我或许不应该拍。

——我可以看看照片吗？他问。

——当然，我说。你可以留着照片，但我可能要花点时间才能找到它。

他拿起书，书的封面上以红黄两色代表着三角形。他说他要去某个地方，某个重要的地方。他把一个地址写在纸巾背面。我们约好在第二天下午碰头。

——还有，别忘了那张照片。


伏尔泰街马纳咖啡馆。两点钟。我把纸巾折好，起身又点了一杯咖啡。不巧的是，我冲动之下答应要把照片送给他但事实上照片却在曼哈顿某处，我丝毫记不得把它放在了哪里，可能夹在了某本书中，或者随手扔进了哪只档案箱，扔在几百张无关紧要的照片中。各种街道、建筑和酒店外观的黑白拍立得照片，我曾以为会永远记得它们，然而如今已经完全不可能认出是哪里。

我没有告诉欧内斯特，但事实上，偶遇波拉尼奥的游戏棋让我感觉一阵不适。不是糟糕的不适，而是时间断裂般的不适。壁橱架上储存着一个能量的世界，曾投注于游戏中的专心依旧强烈，呈现为一种超具象的感官，监视我每一步动向。

午后融入夜晚。月亮升起，几乎是满月，影响着我的行为举止。我坐在水泥矮墙上远远看着WOW咖啡馆的灯光熄灭。群星像是应答般一一闪亮，隔着距离但如此真切。我突然明白并不真的需要在医院陪着桑迪。因为过去的二十年里我们住在不同的海岸，保持着沟通的畅通，深信意念力能传送过三千英里的距离。为什么要改变呢？我只需在可能去的任何地方祷告，谱写另一种摇篮曲，那种能穿透睡眠、能将他唤醒的摇篮曲。

按约定，我和欧内斯特在伏尔泰街一间友好的
夏威夷风情的店里见面，那里提供手撕猪肉和带小
雨伞的果昔。他迟到了，一场单方面的交谈已进行
到中段，他略有些衣冠不整，衬衫上有一颗纽扣松
了。欧内斯特点了两杯古巴咖啡，激动地把他正思
考的事情一股脑说出来，重点是他正要打包行李离
开，为跟随一位圣者的脚步而热情高涨，这位圣者
帮助营养不良和过剩的孩子们免受生活方式造成的
疾病之苦。

——你有孩子吗？我问。

——没有，他说，但我认为所有的孩子都是我
们的孩子。我姐姐有三个孩子。两个体形庞大，几
乎无法走动。她宠坏了他们，塞给他们炸面包和糖。
圣者将拯救儿童。

问题与我读过的有关儿科癌症、糖尿病和高血
压病例增长的信息有千丝万缕的关联，快餐世界正
在围剿我们的年轻一代。

——他要怎么做？我问。

——我现在还不能告诉你。

——你是怎么知道他的？

他意图明显地盯着我，似乎是希望我能听到他的思想以节约宝贵时间。

——是在梦中降临的，就像所有神圣的信息。他在沙漠中，我觉得可以在哪儿找到他。这是宗教狂热，积极的那种，我要参与其中。或许我可以种地，或是帮助建造庇护所，或者为男孩们组织棒球队。

——女孩也玩棒球。

——是的，当然了，他心不在焉地说。所有人都能玩的棒球。

——祝福那些孩子，也感谢你信任我。

——或许我会在那里见到你。

——但我怎么找你呢？我问。

——保存好那些糖纸，晚上把它们放在你枕头下。线索会在你梦中出现。你找到那张照片的话帮我留着。


接着他就消失了，去执行预料之外的任务。装饰墙壁的彩色网中捕捉到了海星。他点的咖啡很甜，带着强烈的肉桂味道。我坐着将自己投射回纽约，翻找层层叠叠的视觉考古遗迹。先不提照片拍得非常暗这件事。游戏棋摆得很整齐，看不见橱柜内其余的物品：他的皮夹克，穿破的皮鞋，还有他为《2666》做的笔记，本子很薄，黑色，图表上标注着神秘的符号。我看到过并触摸过的物件。

——那家伙没有付账，服务生责骂道。
——噢，我来搞定，我说。

我脚边的地板上有一枚纽扣。只是一枚小小的灰色塑料纽扣，连着细小的线头。我把纽扣放进口袋；一种正面朝上的、在梦中之梦获得的幸运硬币。
那天晚上我把糖纸摊在桌上，没有巧克力的痕迹。没有糖果的味道。除了有一点沙，洁净如新。这是宗教狂热，欧内斯特说。我突然明白了这场探究的荒谬性，大笑起来。这阵大笑悬浮于空中，仿佛要帮我开示。我试着想清楚前因后果。好的，我坐在梦旅店移门边的椅子上，门外是沙滩。我做了一场梦促使我搭车从圣克鲁斯来到圣地亚哥，在这里我遇到了欧内斯特，他告诉我关于篝火的事，但除了我谁都没有看见篝火。我记得戳破烧焦的糖纸，然后将些许灰烬裹进一块纱布中。

我跳起来翻找夹克衫的口袋，但那卷纱布消失了，尽管我注意到我的指尖有污渍和黑色痕迹。欧内斯特说要在睡觉时把糖纸放在枕头下，但没有说明是什么状态的糖纸。床边柜的抽屉里有一盒内部写着电话号码的火柴。我同时擦两根火柴点燃了糖纸。它缓慢燃烧着，散发着令人晕厥的麦田气味。我从笔记本里撕了一页纸，将灰烬倒在纸页中央，一遍遍折叠，像折一只鸟。

将折好的纸塞到枕头下时，我在想欧内斯特和我算不算朋友。毕竟，他对我一无所知，我对他知道得更少。但就像有的时候，你比任何人都更了解一个并不完美的陌生人。我留意到灰色的纽扣落在灰尘里。我猜是甩脱夹克衫的时候掉了出来，夹克衫依旧乱糟糟扔在地板上。我伸手捡起纽扣，一个小小的手势，和我注定要不断重复的其他某些手势一模一样。

有狗在不停吠叫，更远处的圣克鲁斯，众人沉睡唯它独醒的海狮之王那带喉音的吼叫在码头上回荡。有一阵低微的哨音。越来越微弱的叫声。我几乎能听见《帕西法尔》[1]的前奏在无法用言语形容的雾气中升起。一张照片从钱包中掉落，一个小男孩和穿深色绸缎裙的女人。我肯定之前在哪里见过这张照片，或许是电影中的场景。巧克力色眼睛的特写，绘着细小花朵的起伏的地毯根本不是地毯，而是猛然被经过的车灯照亮的裙子。我把手伸到枕头下触摸纸包，确定它真的在那里。是的，我困倦地确认，然后闭上眼睛，被一个迷蒙晃动的场景包围：天鹅、圣矛，还有愚人帕西法尔。

回到伏尔泰街我在有机食物市场偶遇了凯米。并帮她搬运了几箱洋葱酱。我留意到她的仪表盘上插着充电器。我的手机已经关机很久，我把充电器

---

1 《帕西法尔》(*Parsifal*)，德国作曲家瓦格纳编剧并谱曲的三幕歌剧，讲述的是帕西法尔历经考验后成为"圣杯骑士"的传奇。

落在了梦旅店，挂在墙上的插座上，悲伤而漫无目的。凯米让我用她的手机，这样可以打听桑迪的情况。通话期间她都在说话，但我听清了报告的内容。他依旧没有恢复意识。

她告诉我她认识一个女人，这个女人认识她曾在我们旅行快结束时提到的失踪儿童案中某个孩子的叔叔。我几乎忘了这事。结果这个男孩没有受到任何伤害回了家，他的衬衫上别了一个吊牌说他经历了心脏杂音。从未确诊但很快得到了证实。他整晚哭泣，想要回去，拒绝向他们透露任何事。我什么都没有说，但不禁想起"花衣魔笛手"传说中那个尝过一点天堂滋味后被送回家的瘸腿男孩。

——明天我必须去洛杉矶，她告诉我，我有一大批货要送去伯班克。

——我在想着要去威尼斯海滩，我冲动地说，介意我一起去吗？我可以付油钱。

——就这么说定了，她说。

那天晚上，我用酒店的电话给所有我觉得应该联系的人打了电话。没有人在家，或者说，没有人接电话。我留了语音信息。我的电话没电了，我很好，你可以打到酒店来。这一整个过程有些许近乎葬礼的感觉。四个人，四通没人听的电话。我关上窗。变冷了。我拿起酒店的笔在笔记本里写了几页，等着电话铃响，但它没有。

我退完房，在大堂吃了不新鲜的、掉渣的松饼并喝了黑咖啡。凯米开着雷克萨斯出现。她穿着一件粉红色的毛衣，座位上装满了胶带封好的纸箱。当我们接近洛杉矶时，她迅速向我更新了凯米世界中的往来事项，因为我思绪在别处，所以幸运地错过了其中部分信息。

——噢，天啊，她突然说，你听说了梅肯的失踪事件吗？

——佐治亚州的梅肯吗？你是说儿童失踪吗？

——是的，七个孩子。

我体验到那种从极高的地方往下看时才有的感觉。就像有微小冰冷的细胞在我血管中缓慢地颤动着。

——你能相信吗？最大规模的安珀警报[1]之一。

凯米打开了广播，但新闻里丝毫没有提及此事。我们都陷入令人放松的沉默，一直到她将车停在威尼斯海滩。我给了她四十美金，她给了我一个小小的金属盖玻璃罐，贴着"大黄和草莓酱"的标志。

——七个儿童，我呆愣地说，一边解开安全带。

——是啊，她说，你能相信吗？疯了。没有警告，也没有要求赎金。好像他们只是被魔笛手带走了。


威尼斯海滩，侦探之都。那里有一棵棕榈树，有杰克·罗德[2]，有霍雷肖·凯恩[3]。我住进奥桑大道附近的小酒店，离栈道不远。从我房间的窗口，能看见年轻的棕榈树和水岸咖啡馆的后门，那是吃午

---

1　安珀警报全称是"美国失踪人口：广播紧急回应"，是一个主要用于美国和加拿大的儿童失踪或绑架预警系统。

2　杰克·罗德（Jack Lord, 1920—1998），美国演员，曾出演过《007之诺博士》《狂妄的逃犯》等电影。

3　霍雷肖·凯恩（Horatio Caine），美剧《犯罪现场调查：迈阿密》的主人公。

饭的好地方。咖啡装在白色马克杯里端上来，杯子上有一只蓝色海星刻在它们的品牌格言上方：这里的咖啡和景色一样美。桌子上铺着暗绿色的油布。我必须不停拍打驱赶苍蝇，但这并不让我心烦。没什么能让我心烦，甚至那些令我心烦的事也不能。

我留意到正对面坐着个好看的家伙，长得像年轻的罗素·克劳[1]，他的对桌是一个妆化得和饼一样厚的女孩。或许是为了遮盖糟糕的皮肤，但她有一种内在的东西隔着整间餐厅也能感觉到，再配上黑色墨镜，黑发波波头，假豹纹皮外套，生来就是电影明星的翻版。他们沉浸在自己的世界中，我则沉浸在他们的世界中，把他们想象成神探麦克·汉默[2]和他光彩照人的伙伴魏尔玛。当我把这些写下来的时候，那对人儿神不知鬼不觉地离开了，他们的桌子清理过，新的餐巾和干净餐具已摆放好，仿佛他们从未出现过。

---

1 罗素·克劳（Russell Crowe，1964— ），出生于新西兰惠灵顿，演员、导演、制片人。

2 麦克·汉默（Mike Hammer），美国作家米奇·斯皮兰（Mickey Spillane）笔下的虚构人物，一名私家侦探。

我一直都喜欢威尼斯的沙滩，因为它看起来无边无际，退潮时更显宽广。我脱掉靴子，卷起裤腿，沿着海岸走。水极为冰冷但很治愈，我的袖子因为掬海水泼洒脸和脖子而湿透了。我发现有一张糖纸被海浪卷走但没有把它捡回来。

"难以入梦"，一个熟悉的声音尾随而来，但我被奇怪的鸟鸣吸引了注意力，硕大而叫声难听的鸟引人注目地喊着，正要开口说话的样子。不巧的是，有一小部分的我已经在辩论鸟是否真的会说话，这切断了我和鸟的沟通。我的思绪盘旋回原地，质问自己为什么曾带着愧疚犹豫不决，我明明很清楚这些特定的带羽翼的生物拥有组织语言、滔滔不绝地进行独白和有时掌控整场对谈的能力。

我决定在水岸咖啡吃晚饭却走向了相反的方向，经过一面带壁画的墙，上面用夏加尔的风格画着《屋顶上的小提琴手》中的场景，飘浮的小提琴手们置身火舌之中，制造出一种不安的乡愁。当我终于绕回去走进水岸咖啡，我觉得自己犯了错误。场面和下午截然不同。那里有张台球桌，还有戴棒球帽的各种年龄的人和带柠檬片的超大杯啤酒。当我进门的时候有几个人看着我，一个没有攻击性的格格不入的人，然后他们继续喝酒聊天。大屏幕上在播放无声的曲棍球比赛。张三和李四，都是男性，友好的男性，大笑着谈天说地，只在球杆撞击桌球和桌球落袋时谈话才会暂停。我点了咖啡，鱼肉三明治和沙拉，菜单上最贵的菜。鱼肉很少而且煎得有点焦，但生菜和洋葱很新鲜。同样的海星马克杯，同样的咖啡。我把钱留在桌上离去。在下雨。我戴上渔夫帽。经过壁画时，我向意第绪提琴手点头致意，向对朋友们离去的难以言表的恐惧表示怜悯。

　　我房间的取暖器坏了。我躺在长沙发上，穿着很多衣服，心不在焉地看着"奇型怪宅"[1]频道，没完没了的剧集中，建筑师们讲述他们怎样在岩石和倾斜的岩层中盖房子，或是技工让五吨重的可旋转铜屋顶变成现实。模仿周围真实的巨石制造出巨石状房屋。东京、维尔和加州沙漠中的别墅。我可以睡着再醒来，睁开眼睛看到在重播同一间日本房屋，

---

1　"奇型怪宅"（Extreme Homes），美国 HGTV 制作的住宅资讯节目，于 2006 年起播放。

或是代表《神曲》中三个场景的房子。我不知道睡在一间展现但丁的地狱的房间里是什么感觉。

早上，我看着海鸥们在我窗前掠过。窗户关着，所以我听不见它们的声音。静默，静默的海鸥。下着小雨，高高的棕榈树的树须在风中摆动。我戴上帽子穿上夹克衫，出门寻觅早餐。水岸关门，我在玫瑰大道找到一个带面包房和素食菜单的地方。我点了一碗羽衣甘蓝和山药，但我真正想要的是牛排和鸡蛋。我身边的家伙在和他的伙伴大谈特谈某个国家正进口巨型鳄龟以解决圣河上的浮尸问题。

玫瑰大道上有一家二手书店。我想找一本《帝国游戏》，但那里没有波拉尼奥的书。我找到一张二手的《花衣魔笛手》[1]DVD，范·强生主演的。我不敢相信自己的运气。我能听见凯·斯塔尔，瘸腿男孩的妈妈，在唱她悔恨莫及的挽歌。"我的儿子在哪里，我的儿子约翰？"这让我想起那些失踪的儿童。孩子与糖纸。虽不是一回事，但两者之间一

---

1　此处指 1957 年由布雷泰格内·温达斯特导演的《哈梅林的花衣魔笛手》（ *The Pied Piper of Hamelin* ）。

定有关联。令人无法置信的是，任何报纸中都没有关于失踪儿童的只字片语。我对整件事抱有怀疑，但很难相信凯米会编造出这样的故事。

我走在太平洋大道上的购物街上，停在写着"毛氏厨房"（Mao's Kitchen）的一扇门前。我站在那里不知道要不要进去，这时门开了，一个女人示意我进去。这是个公共食堂一样的地方，有一个带工业炉灶和蒸饺锅的开放厨房，上面挂着写有"人民的食物"的牌子，里面的墙上贴着褪色的稻田海报。这让我想起过去的一段旅行，我和朋友雷去靠近中国边境的地方寻找岩洞，胡志明曾在那里起草《越南独立宣言》。我们走过没有尽头的、浅金色的水稻田，天空是明净的蓝色，我们为这场景折服，在大多数人看来却不过是寻常景色。女人送来一罐鲜姜、柠檬和蜂蜜做的饮料。

——你在咳嗽，她说。
——我总是在咳嗽，我笑着说。

碟子上有一块幸运饼干。我把它放进口袋留待以后。我感到与这份伴随餐费而提供的恰到好处的平静相通，什么都不用思考。只是琐碎的事物，无意义的事物，就像我母亲曾告诉过我范·强生总是穿红色的袜子，即便是在黑白电影中。我不知道他在演魔笛手时是不是也穿着红袜子。

回到房间，我打开了饼干，破解了运程。"你将踏上很多国家的灵魂(soul)。"我会小心的，我偷偷说，但是看第二眼的时候我才意识到写的其实是"土地"(soil)。清晨，我决定回溯自己的脚步，回到出发的地方，回到同一个城市中的日本城里距离平塔几步远的同一家酒店。是时候坐着为桑迪守夜，以他的方式锲而不舍地穿越细胞的极限——不，以他的风格，去探索一片想象中的天地，只为探寻他自身的深度。在去机场的路上，我意识到"花衣魔笛手"的故事未必是关于复仇而是关于爱。我买了一张前往旧金山的单程票。有一瞬间，我觉得自己看见欧内斯特正在过安检。

ICU

✦

重症监护室

日本城，平塔

回旧金山的交通很通畅。我在宫古酒店的房间还没有准备好,所以我穿过两个室内商场到桥上餐厅吃饭。只隔了两星期,一切都还是原来的样子,只是我想念莱尼令人安心的存在。厨师给我做了飞鱼卵细意面。日本动漫《龙珠》的片段在电视上循环播放,我发现自己正在梳理日本漫画的轨迹,一路回溯到《死亡笔记7》,试着弄明白图画的含义:一句黑色的威胁回荡在男孩头上,光芒掠过好几页断续的数字序列。我的意面吃完了。我几乎不记得吃过它。账单的日期是二月一日。一月飞逝何处?我列了张单子把应该做的事情写下来。我很快会完成它们,我对自己说,但明天早上第一件事我要去医院,桑迪正在那里的重症监护病房中昏迷不醒。尽管如此,我还是到一家小店给他买了些红豆泥做的甜点。桑迪喜欢这种东西,扇形的小小天堂。

　　我早早上床。电视没什么好看。我想象自己在京都，这没有什么困难，酒店的床很矮，旁边放着一盏糯米纸做的台灯，还有一个人造景观，灰色的卵石刻意地排放在竹子围成的沙坑里。床头柜上有一枝粉白条纹的铅笔。我不困，我对自己说，该起来写，但我没有。最终，我写下了现在这些文字，任凭另一整组文字溜走，乙醚般的字母表，在睡梦中嘲笑我。"你不能被情节牵着鼻子走，你要和它们周旋。"这句漫画书的要义，成为不断重复的咒语，与我自己的思绪融为一体。

铅笔看来很遥远，远在我够不到的地方，我真切地看着自己睡着了。云朵是粉红色，从天空掉落。我穿着凉鞋，踢开小山上的神社周围那些红叶堆。那里有片小小的墓地，里面有一排排的猴神雕像，有些被装饰着红帽子和毛线帽子。巨大的乌鸦们在半干枯的树叶中翻找。这没有任何意义，有人在大喊，这是我能记得的一切。

早上，和桑迪共同的朋友帮助我安排好了前往马林县医院的车辆，他们主动担负起了照顾桑迪的责任。没有家人在世，这项任务落到一小群认识并深爱他的挚友肩上。我再次走进重症监护室。自上次我和莱尼一起来探访之后什么都没改变，医生们似乎对桑迪的苏醒并不抱什么希望。我在他床边走动。一张医院的表格固定在床位，他中间名是克拉克，我的儿子在他生日那天出生，我不知怎么忘记了这件事。我站在那里奋力搜索正确的想法，那些能渗透过昏迷的厚重帷幕的想法。我的脑海闪过阿瑟·李 [1] 在狱中的画面，小小的红色书籍像一堆纸牌散落。我能看见桑迪以慢动作倒向自动取款机旁的停车位。我几乎能听见他的思绪。康复。拉丁语。十五世纪。我尽可能停留得久一些，全力克制自己对导管、注射器和医院设施那种人工营造的寂静的极度恐惧。

我在酒店和医院之间来回。当我坐在床边寻找着入口，某种沟通的管道时，医药用品的味道和塑胶地板的入口处拿着写字板和输液袋的护士们都让我恐惧。在我停留的最后一天，尽管探视时间已过，但没有人要求我离开，于是我一直留

---

1　阿瑟·李（Arthur Lee，1945—2006），美国音乐人，洛杉矶摇滚乐队 "爱"（Love）的核心人物，1996 年因过失走火被判 12 年。

到天黑。我发现自己正将字句的星群投射到他的白床单上，一堆堆的词语从神奇的图腾嘴中无休无止地倾泻而出，图腾们排列成难以抵达的地平线。美狄亚和猴子和孩子和糖纸。桑迪，你怎么认为？我无声地鼓励着他。桑迪握了握我的手，但护士说这并不代表什么。

2016 猴年

日枝神社

酒店正对面有个寄包裹的地方。我把剩余的物品打包寄回纽约，然后步行走向城市另一端去往杰克·凯鲁亚克的地盘。经过中国城时，我措手不及地和农历新年猴年的筹备撞了个满怀。彩色纸屑从空中飘落。盖着红色猴脸章的小方块。27号大巡游。它肯定会盛况空前，但彼时我已离开很久。我在一个新年夜离开旧金山又将在另一个新年夜离开，这多有趣。我能感受到家的引力，当我在家太久时它又会成为来自别处的牵扯。

　　智慧三猴的长椅空着。我坐了几分钟让自己镇定下来，因为节庆令我诧异。我记得孩提时代和叔叔一同站在公园里一个类似的三猴雕像前。"你更愿意成为哪只猴子？"他问，"不看，不说，还是不听丑恶之事？"我微微感到想要呕吐，生怕自己做了错误的选择。

　　我在中国城边界处找到一条小巷。水饺外卖，两张铺着黄色油布的桌子。没有菜单。我坐下来等待。一个圆脸男孩穿着睡衣带着一杯茶和一小笼蒸饺出现，接着消失在粉与绿色花图案的门帘后面。我坐了片刻不知道接下来该做什么，最终决定跟随任何支配其他冲动的冲动。换句话说，谁胜出谁做主。茶是冷的，我突然感觉到自己孤零零身处一间陌生的餐馆。这被夸大的感受不断升级，直到我感觉自己仿佛被封闭在一处能量场，如同老《超人》动画片里住在封闭的坎多城里的居民。

我能听见一连串烟花的声响自几条巷子外传来。猴年已经开场而我丝毫不知道它该如何上演。我母亲生于 1920 年，金猴年 [1]，所以我推断她的血脉或许会保护我。男孩没再回来，于是我留了些钱在桌上，潜过看不见的屏障之后从中国城步行至日本城，回到我的酒店。

我把寥寥几样所有物在床上摊开：折叠暗箱压坏了的相机、身份证、笔记本、笔、没电的手机和一些钱。我决定很快就回家，但现在还不是时候。我用酒店的电话给一个诗人打电话，他曾送给我一

---

1　金猴年（Year of Metal Monkey），即庚申年，庚五行属金。

件黑色大衣，那件备受珍爱却被我弄丢的大衣。


——我能来住一阵吗，雷？

——当然，他毫不犹豫地说，你可以住在我的咖啡店里。我正在做绿咖啡。

我吃了装在椭圆形漆盒里的日式早餐，然后退房。在那里当班多年的侍应生问我什么时候回来。

——很快，我想，当我再找到工作的时候。

——会变得不一样了，他面带愁容地说，不再有日式客房。

——可这一直都是家日式酒店啊，我抗议道。

——万物更改。当我坐进车里时，他这么说。

前往图森的航班飞了两小时十一分钟。当我下飞机时雷在等候。

——你都去了哪？他问。

——哦，到处走走。圣克鲁斯。圣地亚哥。你去了哪？

——在危地马拉买咖啡。然后去了沙漠。我试着给你打电话，他说着，眯起了双眼。

——我没收到消息，我略带歉意地说。事实上我的手机曾关机了很久。

——说的不是这种消息，他说。

——是吗，我大笑。我到这儿了，所以我想我是收到了你的消息。

他关上咖啡馆，用玉米和丝兰给我们俩做了汤，然后摊开一张垫子给我铺了床。我们已经认识彼此很久，曾一起去艰险之地旅行并能轻松适应彼此的日常作息。他为我拿来一张工作台和一盏儿童台灯，当你打开灯时灯罩上画着的瀑布仿佛在流淌。深夜我们听了玛利亚·卡拉斯、阿兰·霍夫哈奈斯和"人行道"乐队。他在电脑上玩象棋时，我浏览他书架上排列着的书，里面有庞德的《诗章》和《鲁道夫·斯坦纳选集》，还有一本很厚的《欧几里得几何》，我把它拿了下来。这是本插图非常多的书，我无从下手去读懂，却试图想要理解它。

——我弄丢了你的大衣，我告诉他，我生日时你给我的黑色那件。

——会回来的，他说。

——如果它不回来呢？

——那它就会在来世与你相遇。

我微笑，莫名地感到安心。我没提及糖纸和失踪儿童以及欧内斯特的事。似乎我已经从那几天的皮肤中蜕变而出。不过，我们确实谈到了桑迪，还有很多已经故去却依旧能真切感应到他们存在的朋友们。几天后，他不得不离开。"我不知道什么时候回来，"他说，"但你想住多久都行。"他帮我把手机充电并演示怎么使用他的短波收音机。我胡乱捣鼓了一阵然后调到了"感恩至死"频道。

天色依旧暗着，杰瑞在唱《圣枝主日》。我觉得冷就到柜子里搜寻毛毯。我找到一块灰白色的彭德尔顿羊毛毯，当我将它抖开时有什么东西从毯子中掉落。当我弯腰将它捡起来时，一束月光穿透玻璃窗。那是一张皱巴巴的糖纸，"花生丘撕"（Peanut Chewz），错误的颜色，拼错的"丘斯"，没有巧克力残留。出于好奇，我搜索柜子寻找另一张糖纸，找到一只用封箱胶带松垮封住的硬纸箱。一整箱簇新的糖纸，有几百张。我装了几张在口袋里，重新把箱子封好后到屋外去看月亮，天空中一块又大又亮的派。

我回想我们的对话。"我试着给你打电话。"我知道他打过。这是我们关系中超自然的特质。我回想那些我们去过的地方：哈瓦那、金斯顿、柬埔寨、圣诞岛、越南。我们找到过列宁泉，胡志明曾在那里洗漱。在金边，当我们困在洪水肆虐的街道上时，水蛭爬了我满身。我站在酒店浴室的水池旁瑟瑟发抖时，雷正镇定地把它们摘下来。我记得一只鲜花装点的幼象从吴哥窟茂密的丛林中现身。我带着我的相机，独自跟着它开溜了。当我回去时发现他坐在寺庙宽阔的游廊上，周围围满了孩子。他在为他们唱歌，阳光在他的长发上映出光晕。我不禁想起《圣经》里的句子——"让小孩子到我这里来"。[1]他抬头看向我，微笑起来。我听到欢畅大笑，铃声叮当，赤足踏于寺庙的台阶。一切都如此贴近，太阳的道道光束，那种欣喜愉悦，是永逝不返的时间感。

---

1　出自《马太福音》第 19 章第 14 节。

早上，我喝了两杯矿泉水，用香葱炒了几个鸡蛋然后站着吃完。我数了自己的钱，往口袋里装了一张地图，灌了一壶水并用一块布包了几个小圆蛋糕。这是猴年而我已向着新的疆域进发，走在分子太阳下没有暗影的路上。我不停走着，料想最终会搭上便车。我遮挡住照进双眼的光，看见他正过来。他摇下破旧蓝色福特皮卡的车窗，车就像是陈旧天空变成的庞然大物。他穿着件不一样的衬衫，所有扣子都完整无缺，某种方式上看来像另一个人，一个我以往认识的人。

——你不是全息图像，是吗？我问。

——上车，欧内斯特说。我们要开车穿过沙漠。我知道个地方有最好吃的墨西哥辣酱煎蛋，还有你能真正心怀快乐喝下的咖啡。然后你就能判断我是不是全息图像了。

后视镜上绕着一串玫瑰木念珠。和欧内斯特同车置身难以诠释之境有种熟悉的感觉，似梦非梦，我们已经与某片神奇的疆域交错。我信任他方向盘上的双手。它们让人想起他人的双手，那些好人的手。

——听说过消音器嘛？我说。

——这是辆旧卡车，他回答。

绝大多数话都是欧内斯特在说。用他低沉、冥想般的语调，说着抽象几何，仿佛他正从一个秘密隔间中将词语拖拽出来。我摇下车窗。无边无际的矮树丛中点缀着哀求姿态的仙人掌。

——不存在阶级。那即是三角形的奇迹。没有顶，没有底，没有两边。拿走三位一体的标签：圣父、圣子和圣灵——并用爱将其一一替代。明白我的意思吗？爱。爱。爱。同等的重量包围着我们所谓的属灵的存在。


我们向西行驶。欧内斯特将车停在一个荒僻的小镇，有一个加油站，几家纪念品商店和一家小餐馆。一个女人走出来像老朋友似的和他打招呼，然后给我们端来咖啡和两盘墨西哥辣酱煎蛋，配煎豆和丝滑的牛油果酱。一幅瓜达卢佩圣母的数字填色油画像钉在墙上，旁边是锡相框装着的弗里达·卡罗和托洛茨基的褪色照片。

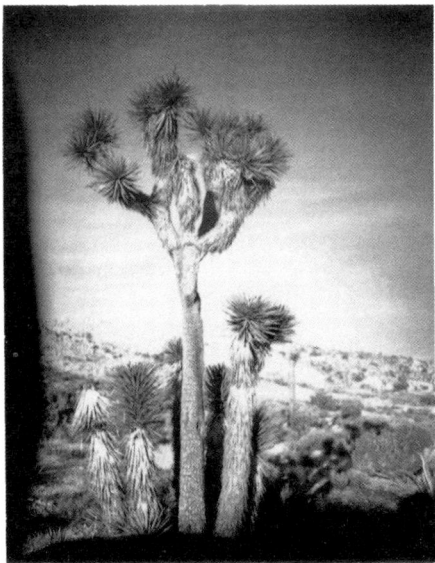

爱。爱。爱。

——我孙女画的，她说，在围裙上擦拭着双手。它很糟糕但谁会对孩子吹毛求疵呢。

——画得很好，我告诉她。

欧内斯特在桌子对面看着我。

——如何？他带着期待说。

——什么如何？

——你没在听。你魂游他处。

——噢，对不起。

——那么，他继续说道，用叉子移动着他最后几粒豆子，这是不是你吃过的最好吃的煎蛋？

——它们非常好吃，我说，但我可能吃过更美味的。

——洗耳恭听，他说，受到了一丝冒犯。

——1972 年的阿卡普尔科，我在一幢俯瞰大海的别墅做客。我不会游泳但有一个很大的泳池，挺深的。另一位客人教会我怎么仰面漂浮，这在当时似乎是项了不起的成就。

——游泳被过誉了，他说。

——一天早上我在早餐前起床，走进泳池漂浮。因为阳光已经很明亮所以闭上了眼睛，我感到自在

边陲小镇，索尔顿海

而满足，但当我睁开眼睛时，鹰正在我上方盘旋。

——几只？

——不知道。或许三只，也许五只，但我记得它们有红色的尾巴，我不知道它们是不是以为我死了于是我惊慌起来。云朵飘动，阳光照亮它们的双翼，我手忙脚乱地拍打着而且真的以为自己要溺水了。突然溅起一阵巨大的水花。厨师跳进水里，紧紧抓住我的腰，将我举出水面，把我拖出泳池后按压出我肺部的积水。然后他帮我擦干并给我做了墨西哥辣酱煎蛋，我吃过最好吃的辣酱煎蛋。

——这事真的发生过吗？

——是的，我说，绝无添油加醋，我依旧会梦到它。但它不是一个梦。

——他叫什么名字？

——他是厨师。我不记得他的名字但我从未忘记过他。我曾在很多人的面容上看见过他的脸。他是个厨师穿着白色衣服并且救了我的命。

——你究竟打哪来？

——怎么，我大笑，你要开车送我回家吗？

——一切皆有可能，他说。毕竟，这是猴年。

他留下一些钱，我们走到室外。我喝完了咖啡，然后在他检查车轮胎时回到卡车上。我正准备问他农历新年怎么安排，这时我发现太阳改变了方向。我们在沉默中行驶了片刻，天空变成带暗红和紫色条纹的明亮玫瑰色。

——做梦的麻烦在于，他说着话，但我在另一个世界中流浪于北境中央的红色土地上。

——你必须去那里，他言之凿凿。

——其实，我说着，略受惊吓，我真正需要的是洗手间。


附近没有厕所。我之前就该上洗手间，但我似乎记得在厕所门上看见了"无法使用"的标志。我们身处岩石和矮树丛覆盖的平原中央。有些干旱，有些像月球。欧内斯特将车停在路边，我们就只是坐着。剑拔弩张。抓过我的袋子，我走出视线外好远，然后在一丛银色的仙人掌后面蹲下。一道长长的尿液流过曝晒过的土地。我琢磨着欧内斯特怎么会知道我在想艾尔斯岩的事。我想起山姆，想起过去那些年我们总是做同样的梦，他似乎知道，即便现在依旧知道，我在想什么。尿迹彻底干涸，一只细小的蜥蜴快步跑过我的靴子。让自己回到眼下境况，我起身拉好拉链，接着走回卡车去。毫无生机的土地上布满了小鱼的尸体，几百条，或许几千条，蜷曲着，像盐粒覆盖的糖纸。凑近看，除了散去的尘土什么都没有。欧内斯特已经走了。我一动不动站着，考量当下的情况，觉得没什么要紧，这地方就像其他任何地方一样适合迷失其中，广阔的索尔顿海，根本就没什么海。

我似乎走了几英里，但一切没有改变过。我确信自己走过了很多土地，却抵达不了任何地方。我试着加快脚步，又放慢脚步，寻思着我会和自我发生碰撞然后打破循环，却没这样的运气，漫长的荒原全景图不断调整着自己，直到任何新路径都成为它自己的循环。我从口袋里拿出一个用手帕裹着的变了味的小圆蛋糕。它撒着糖霜，尝起来隐约有橙子味，就像那些亡灵节蛋糕。我开始想餐厅里的男孩们，不知道他们的对话是否纯属巧合以及我关于"糖纸"是一个名词的论断是否真的正确。我也不知道我思绪的单调贫乏是否正阻碍着我的行程。

我切换到意念飞镖游戏，一种随时间改变而产生无数可能的循环往复的游戏，我和桑迪会在长距离车程中玩的游戏。我投射一枚飞镖，照亮所有通往中世纪即将终结时的佛兰德的道路，激发我用新的疑问向虚无发动攻击，比如为什么《根特祭坛画》[1]的《天使报喜》图中，年轻圣母织在袍子上的镀金语句是从右往左读而且还是上下颠倒的。会不会只是画家想要玩弄我们？或者难以觉察的气旋包围着她上下左右颠倒的语句，只为顺应神灵的视线？半透明长着双翼的神位于她上方。

当我灵巧地重访历史过往，全神贯注的思考逐渐遮蔽了关于名字和动词以及我身在何处的担忧。我看见绘画大师的手关上壁画的外侧挡板。我看见他人的手虔诚恭敬地打开同一幅画板。它们的木质画框随时间的沉淀而变得暗沉。我看见窃贼把画板

---

1 《根特祭坛画》(Ghent Altarpiece)，由十五世纪尼德兰画派画家凡·艾克兄弟创作的 21 幅祭坛组画，又名《神秘羔羊的崇拜》，这也是组画中核心作品的标题。它被认为是西方绘画史上的里程碑，亦可称为世界上第一件真正的油画作品。

带往一艘驶向暗潮汹涌的大海的船。我看到了破败的船身和破碎的桅杆。天空是苍白的蓝色，一朵云都没有，我继续前行，缓慢地喝水，谨慎地计算水的库存。我一直走到我想去的地方，鸽子与少女的面前，羊脂正在融化。

*What Marcus Said*

✦

马
可
如
是
说

圣哲罗姆的书房，阿尔布雷特·丢勒 绘

由西往东穿越时区要比反方向旅行更难对付。和心律调节细胞有关。说的不是一种人工设备而是意识中让我们的身体保持协调的存在。在西海岸的几星期绝对扰乱了我的心律细胞。晚餐时昏昏沉沉，接着打起瞌睡，又在凌晨两点散步。我痴迷夜晚的散步，沉浸于寂静之中。没有了车流，空气中有种宜人的了无生机之感。返家，在二月的中旬，这个被遗忘的月份。

情人节是纽约历史上最寒冷的日子。形态各异的霜冻覆盖了万物，光秃秃的树枝鸣奏着冰冻之心协奏曲。冰凌，危险到足够伤人的冰凌，从头顶的建筑物外沿断裂，堆积在人行道上，像远古时代被丢弃的武器般摆放在那里。

我很少写作，也甚少在梦想者的梦境中敞开心怀。在美国全境，光似乎逐一燃尽。另一个时代的油灯闪烁着然后熄灭。指引陷入沉默，但我夜晚书桌上的书籍们召唤着我。《儿童十字军》。《钢人》。

马可·奥勒留。我打开了他的《沉思录》：别活得仿佛你有万年的时光可以虚掷……这对我来说实在太有道理，爬着时间的阶梯，即将抵达我的七十岁。振作一点，我告诉自己，纵情享受六十九岁这年剩余的时节，六十九是属于吉米·亨德里克斯的神圣数字，他这样回应这记警钟：我将以自己想要的方式度过自己的人生。我想象着马可和吉米对决，各自选择的巨大冰柱，早在他们默然地开始交锋前就已经在他们手中融化。

猫咪蹭着我的膝盖。我开了一罐沙丁鱼，把她的那份切碎，然后切了一些洋葱，烤了两片燕麦面包，给自己做了三明治。凝视自己在吐司机银色表面的倒影，我留意到自己看起来既年轻又衰老。我匆匆吃完，不想收拾，事实上我渴望一些关于生活的细小印迹，比如一队蚂蚁大军将碎屑从厨房瓷砖的缝隙中拖出来。我盼望着花苞发芽，鸽子咕咕鸣叫，黑暗消散，春回大地。

马可·奥勒留要我们睁大双眼留意时间的流逝。无论一万年还是一万天，没有什么可以阻挡时间，也没有什么能改变我将在猴年步入七十这个事实。

七十。只是个数字，但也意味着煮蛋计时器上的刻度已转过可观的比率，而我自己就是那可恶的鸡蛋。时间如沙流逝，我发现自己比平常更怀念逝去的人。我留意到自己看电视时更经常流泪，恋情触发泪点，还有正要退休的侦探在凝望大海时背部中枪，疲惫的父亲从摇篮中抱起他的婴儿。我留意到自己的泪水使我的双眼灼痛，以及我不再是个快跑能手而我的时间感似乎在加速。

我极尽所能按自己的喜好装点这重复出现的画面，甚至用一只流动着大理石碎屑的水晶沙漏替换下煮蛋计时器，那种会出现在圣哲罗姆的木头小书房里或者阿尔布雷特·丢勒的画室中的沙漏。正因为有某些规则限制沙粒经过沙漏的比率，所以拥有更壮丽的沙漏或更完美的沙粒也于事无补。

自从思量马可的话，我试着更敏锐地感知时间的流逝，或许能目睹它的发生，从一个数字到另一个数字的巨大而重要的转跳。阅顾我各种努力，二月悄然溜走，即便因为闰年的缘故还多了一天用以观察。我凝视着日历上的数字 29，然后不情愿地把那一页撕下。三月一号。我的结婚纪念日，他已经离去二十年，这让我想从床下拖出长方形的盒子，打开长得足够不弄乱维多利亚式长裙衣褶的盖子，裙子的一部分蒙着娇贵的面纱。将盒子推回原来的地方，我感到奇特的偏离感，片刻悲伤的晕眩。

身外的世界里，天空快速陷入黑暗，疾风从四面八方涌入，与突如其来的暴雨交织成一场演奏，就这样，一切都碎裂了。事情发生得如此之快，我没有时间挽救地板上的衣服和书籍或是关上我残存的天窗，积水涌到各处，漫过脚踝，接着到了我的膝盖。门仿佛消失了，我被困在自己的房间中央，这时一块椭圆形的暗影，一个越张越大的镜头快门，遮盖了整面石膏墙，打开了一条遍布暗色玩具的漫长通道。在通道蹒跚前行时，我看见飘忽不定的天花板曲曲折折地穿过一片狭窄的黄水仙花田，把它们全都收割，将喇叭状的花掷向莫测的空中。我伸出手去，盲目地寻找着走出或者走入虚无的道路，这时一阵鸟类和鸣似的声响惊扰了我。

——只是个游戏，一个调皮的声音聒噪地说。

招牌傲慢的语调不可能被听错。我退缩了，调整着自己的勇气。

——很好，我反驳道，但是哪种游戏？

——当然是大浩劫游戏。

对这种所谓的游戏我略知一二。大浩劫，场面宏大但众神格局很小，只会给不够警觉的参与者制造麻烦。人们会发现自己遭受可怕的程序组合攻击。一只邪恶的眼睛，两颗盘旋的星，不停旋转的齿轮。一场毫无疑问由现任月神和他那一帮长着翅膀的猴子发动的浩劫，这帮无孔不入的家伙曾围猎过绿野仙踪里毫无危机意识的多萝西。

——我不想玩，我坚决地说，于是就像它匆忙开场时一样，一切戛然而止。


我估算了一下破坏程度。除了一些小混乱之外没别的问题。无法回避突如其来的镇定，我详细检查了墙壁：丝毫没有椭圆形通道的痕迹，没有一线波纹，石膏墙光滑无瑕。我的手抚过表面，想象着湿壁画，想象这是间摆放着一罐罐颜料的繁忙画室，普鲁士蓝的天空，赭石黄与暗红色的湖泊。我曾渴望生活在这样的时代，年轻的女孩戴着平纹棉布帽，凝视着歌德的色环，它明艳而朦胧，在水银池的表面缓缓转动。即刻追溯这想象的根源，我留意到春天的水仙已过早结了花蕾，细看时它仿佛颤抖着瑟缩了。

水从天窗没关紧的地方滴落。到处是被砍断的花朵，踩在脚下时散发着令人感官麻痹的气味。试图摆脱所有打瞌睡的念头，我将黄色的花朵扔进了垃圾桶，拿出抹布和水桶将木地板擦洗了一遍。接着我开始了将散落的手稿中被水浸泡的纸页分开的工作，沮丧地看着字句洇成难以辨认的墨迹。

——泳池也是一面镜子，我大声说道，对任何可能正在听的人说。

我坐在床边，做了几次深呼吸并穿上了干爽的袜子。即将到来的三月是对我的奚落。安托南的死。罗伯特·梅普尔索普[1]的逝世。罗宾的出生，还有

---

1 罗伯特·梅普尔索普（Robert Mapplethorpe, 1946—1989），美国著名摄影艺术家，帕蒂的灵魂伴侣、青春期室友，他为帕蒂拍摄了知名的《群马》(Horses)专辑封面。

我母亲的生日，就在据说燕子们会回到卡皮斯特拉诺的那一天，随后就是春日的开始。我母亲。有时候我是如此渴望听到她的声音。我不知道她的燕子们今年是否会归来，我再次重温孩提时代的疑惑。

三月的风。三月的婚礼。三月十五日。约瑟芬·马奇[1]，神秘的三月和它强大的朋党们。当然，三月兔也总是在场，记得小时候被它的古怪吸引，认为它肯定和疯帽子是同类，他们甚至连姓名缩写都一样[2]。我坚持认为他们可以互换身份并依旧是他们自己。理智的成年人觉得这值得商榷，但我不会在辩论中落下风，不会被坦尼尔的插画或迪斯尼的卡通片驳倒，甚至不会输给刘易斯·卡罗尔本人。我的逻辑或许满是漏洞但爱丽丝的仙境也是同样。兔子主持一场没完没了的茶会，因为可计算的时间早在茶会开始前就被谋杀了。是疯帽子痛下杀手，张开双臂并唱着恒久不变的仙境主题歌，童年的我总是聚精会神地听。当约翰尼·德普全身心演绎疯帽子，

---

1 约瑟芬·马奇（Josephine March），美国作家路易莎·梅·奥尔科特所著小说《小妇人》中的人物，她的姓氏马奇 March 也是三月的意思。

2 三月兔（March Hare）与疯帽子（Mad Hatter）首字母缩写相同。

他也被这个角色的多样性吸引，不再只是约翰尼。毫无疑问，他成了这首神圣歌谣的通报官。

——我们死掉一点点吧？他唱道，伸开双手仿佛要环抱一切。我亲耳听着这首歌，每一个音符都如愉悦的泪珠坠落，然后消散无踪。自此我总是考虑着约翰尼版的疯帽子提出的建议——我们死掉一点点好吗？他会是什么意思呢？无可指责的几句颠三倒四的疯话，抑或是顺势疗法式的魔咒，通过一小点死亡来对更大的死亡带来恐惧免疫。

三月最初的时刻融入随之而来的日子。我让自己顺从指引，如同从蜷曲的猴子尾巴上滑落的小水珠。我母亲生日那天，新闻报道说燕子们确实找到了它们回返卡皮斯特拉诺的路。那天晚上我梦见自己回到了旧金山的宫古酒店。我站在枯山水庭院的中央，那不过是个被美化了的沙盒，接着我听见了母亲的声音。帕特里西亚，是她说的全部内容。

开春的第一天，我晾晒了羽绒床铺并打开了百叶窗。虚拟的挂坠小饰盒正从新树的枝丫上掉落，水仙花令人麻痹的香气又回来了。我干起了家务琐事，吹着长长的忘记调子的口哨，无疑，如同季节，我们总能再次胜出，而一万年在带光环的行星或是持玻璃剑的天使长眼中，不过是转瞬之事。

*Big Red*

✦

大
红

山姆的斯特森牛仔帽

四月愚人节。一个骗子花样百出违反行为准则，疑惑朝我们滚滚而来，板上钉钉的冷酷事实将我们绊倒，使我们趔趄难行。新闻不断冲击，意识快速运转，想要听明白一个撒谎如此快速的竞选人的宣言，没人能跟上那速度也无法将其打断。将世界按他的喜恶扭曲，再泼上一层金属物质，那愚人的黄金，已然开始剥落。雨以及更多的雨，四月的阵雨，正如童谣里唱的那样，滂沱落在美国全境，落向西面，落在马林县，忧愁地目睹着桑迪的挣扎。我试图摆脱忧虑，忙我的工作，说我的祈祷，过我的时间。更多的雨朝着天窗倾泻而下，一千声纷乱的马蹄，汹涌的能量奔向大地。

我坐在书桌前打开电脑，慢慢浏览漫长的一连串邀请。有很多邀请，大部分与工作相关，我开始忙活起来，考虑每一个潜在的工作机会，中途激动地停了下来。有澳大利亚的工作找我，一年时间内，在悉尼、墨尔本和布里斯班的一个音乐节举办演唱会。我关上电脑，找出一本地图集，翻到澳大利亚地图。这是很长的一段跋涉而且还要过很长时间才去，但我完全知道自己想做什么，举办九场演唱会，等乐队回家后，坐上飞往爱丽丝泉的螺旋桨飞机，然后雇个司机送我去乌鲁鲁。我即刻回复。是的，我接受这工作，随即在 2017 年的日历中标记下这些日期，日历还全是空白。下一个三月写着好几个 A，从澳大利亚（Australia）到艾尔斯（Ayers）。

梦旅店的招牌不知是怎样搜集到信息知道我渴望去看艾尔斯岩的，欧内斯特也是同样。几十年前，我的小儿子从我们一同观看的他最爱的澳大利亚卡通剧集中得到灵感，用红色蜡笔在我笔记本中画过它，画把下面的字迹遮得模糊不清。某天要和山姆一同前往的愿望已落空，但我必然会带着他的祝福努力独自抵达。衣柜中，我的靴子在等待，它们的鞋底神奇地嵌着来自我未经之地的红色土壤。

几天后我给山姆打电话，但并未提及那块巨大的红色岩石。我们谈了红色的马。

——几天前是"秘书处"[1]的生日。

——如今，你连马的生日都记得啦？山姆大笑。

——因为它是你爱的马，我说。

——来肯塔基。我告诉你"斗士"[2]的故事，另一匹大红马。我们可以在赛马会下注，然后在电视上看比赛。

——我会的，山姆。来之前我要看一下所有的参赛马匹。


五月一号，我坐在洛克威住所的门廊上。巴掌大的院子里只长着蓝色银莲花，仿佛它们是由蓝天播撒下的种子。尽管只隔着一段漫长的地铁行程，但在这里，世界观退散开去。剩下的是对蝴蝶的一些粗浅认知，两只瓢虫和一只祈祷状的螳螂。一切只关于我的书桌，上面摆放着年轻时的波德莱尔的

---

1 秘书处（Secretariat），著名赛马，1970 年生于美国，1973 年成为美国赛马界的三冠王。它的故事在 2010 年被改编成与它同名的电影。秘书处的昵称是 Big Red，大红，与艾尔斯岩一样。

2 斗士（Man O'War），1917 年生于美国，纯血雄马，在 20 世纪美国百大赛马中排名超过"秘书处"，其赛马生涯接近无败，被不少美国人认为是美国历史上最出色的赛马。

六寸肖像照、简·鲍尔斯的照相亭自拍照、失去双臂的象牙基督雕像和打印后装在画框内的爱丽丝和渡渡鸟交谈的插画。关于我和山姆几年前在伊诺咖啡馆（Café 'Ino）用拍立得拍下的那张有些模糊的合影，那时一切都还正常。

我研究了《电讯晨报》，我小时候曾这样模仿过我的父亲，一个深思熟虑的赛果预言家。或许是种家族继承，我平常总是很擅长选马，尤其是猜中排名。我对这场比赛却没什么确切感受，但最后我选中了"铤而走险"[1]。两天后，我买一张去辛辛那提的机票，付钱让一个司机开车带我经过州界前往米德兰市附近的一个加油站，有人会在那里接我。山姆和他的妹妹罗克珊。我留意到不是山姆开车，这让我感到一阵剧烈的痛楚。

去年感恩节，山姆开着他的卡车来机场接我，费力地靠手肘的力量控制方向盘。他尽力做能做的事，做不到的时候他调整自己。那时，他在修订《局

---

[1] 铤而走险（Gun Runner），2013年生于美国，纯血雄马，四岁赢得四场一级赛事，2017年获美国马王，现已退役。

内人》（*The One inside*）这本书。我们会早早醒来，工作几个小时，然后休息片刻，坐在他室外的阿迪朗达克木椅里聊的几乎都是文学。纳博科夫、塔布其和布鲁诺·舒尔茨。我睡在皮沙发上。他呼吸机的嗡嗡声是种温柔的包裹。一旦他准备上床休息，合上封面并双手交叠，我就知道该睡觉了，我身体里的某种东西默认着这样的安排。

——每个人都会死，他说，低头看着正慢慢失去力量的双手，尽管我从未料想到会发生这种事。但我能接受。我已按自己想要的方式度过了我的人生。

现在，一如往常，我们直接进入工作状态。他正处于最后冲刺阶段，全心致力于《局内人》的收尾工作。对身体来说，写作变得越来越吃力，所以我会把手稿读给他听，他决定要做什么修改。他最后的修订需要的斟酌多过书写，搜寻着心仪的词汇组合。打开书页，他语言的浮华令我目眩，混合着影像式诗意、西南部景象、超现实梦境和他标志性的黑色幽默叙事风格。有关他现下遭遇的困境不时浮现端倪，虽隐晦但无可否认。书名是援引自布鲁诺·舒尔茨的句子，当谈及封面问题的时候，答案就在眼前，一张墨西哥摄影师格雷西拉的作品，山姆将它塞在厨房窗户一角。一个披散着深色头发、身穿垂顺长裙的塞利族[1]女人拿着手提录音机走在索诺玛的荒原上。我们在喝咖啡时看着它，一致首肯。我们能从窗户里看见他的马正从围栏处走来。那些他无法再骑的马。对此他不置一词。

赛马的早上，我们下了注。因为是速度赛，没人能预感谁会夺冠。山姆让我选"铤而走险"，担保说如果押它位居第三的话会回报丰厚，于是我下了注。比赛安排在东部夏令时六点五十一分开始，是丘吉尔园马场的第一百四十二场赛马。当我们围在电视机前，我想起那天是我已过世的公公德维尔·史密斯的生日。我丈夫还在世的时候，我们也会在他父母家齐聚电视机前看赛马，我不知道德维尔会青睐哪一匹。他出生在肯塔基州东部，他的父亲是位骑在马背上拿着线膛步枪在县里巡逻的警长。赛马会没想到的是，连续三年我都押中了亚军

---

1　塞利族（Seri），墨西哥印第安人部落，生活在加利福尼亚湾蒂伯龙岛（Tiburon）和附近的索诺拉州内陆。

马，但今年，我的"铤而走险"将是季军。

晚饭后，我走到屋外，坐在门前的台阶上看天空。月亮是渐亏的月牙，像山姆拇指和食指间的文身。某种魔法，我轻声说，更像是一声祈求。



我回到家数天之后，收到一个小包裹和一张山姆妹妹写的纸条。山姆将他的折刀和我赢的钱裹在报纸中一同寄了来。我把小刀放在一只玻璃柜子里，旁边是我父亲的咖啡杯。接下来的日子我觉得疲惫而犹豫，完全不是我平时的状态。我推断自己只是处于低潮，或许因为正要从感冒痊愈，于是决定什么都不做。

五月三十号是圣女贞德庆典日，传统意义上来说是一个被强制要求保持乐观的日子。我依旧觉得低落而且我的咳嗽加剧了，但我还是能感觉到有什么在悄悄酝酿，有什么事即将发生，比如一个诗人的诞生或者一座小火山的喷发。那天晚上我做了个梦，一个更像是恩赐的梦，治愈且纯粹如同未受污染的北极湾流。

梦中，就我们两个人在厨房里，山姆正在告诉我澳大利亚中央的炎热，艾尔斯岩红宝石般的光芒，以及在往日——他这样形容那些日子——在度假村出现之前，他没有导游陪伴独自去过那里，开着吉普车，亲眼看到过它。一卷回忆，如同带雪花颗粒的家庭录影铺散开，我们看着他走出吉普车，开始了被禁止的攀爬。他搜集土著居民们的眼泪。它们是黑色的，并非红色，他将泪水倒入小小的磨损的皮袋子里，像汤姆·霍恩[1]因为天晓得什么原因被绞死时从他口袋里掉落的那种格哩格哩袋子。

我看着山姆一动不动地坐在厨房餐桌旁的机械轮椅上。他的头变成了缓缓转动的硕大钻石，光芒从覆盖着外壳的双眼里迸射出来。虽然混乱如此，但依旧还有希望。房间像肺叶或者风笛的风箱般收缩又膨胀。我麻利地听从他的指示，拆除供氧设备。

---

[1] 汤姆·霍恩（Tom Horn，1860—1903），美国旧西部的童子军、牛仔、士兵、平克顿侦探事务所侦探。他被认为在西部作为受雇枪手实施了17起谋杀案。1902年，他在怀俄明州被指控谋杀了14岁的威利·尼克尔（Willie Nickell），在42岁最后一天被绞死。

——你准备好了吗，他说。

——但是你怎么呼吸呢？

——我不再需要呼吸了，他回答。

我们一起走着直到山姆找到了他要找的地方，然后我们坐在木箱上，只是等待。一个女人走来开始忙碌，在我们面前摆了张矮些的木头桌子。另一个女人拿来两只碗但没有餐具，第三个人端来一锅热气腾腾的汤。一只乌鸡的胚胎漂浮在十八种药草炖的浓汤里，还有九个蛋黄，围绕着它微小的头部排列成光晕的形状。蛋黄组成的太阳系，一道完美的拱形架在细小的肩膀两侧。

——这是古老的配方，他解释道，这道浓汤来自太阳。喝完它，这是道恩赐。把长柄勺递给我后，女人离开。我因为要成为被迫去破坏这漂浮图案的人而感到惊慌，它具有着刺绣圣卡的特质。

——你必须这么做，他说，低头看着他的手。


我确定自己会犯恶心，但他朝我眨了眨眼，一条道路即刻出现，一条撒着星尘的道路。我们站起身来，但我带着疑惑转过头去。然后山姆开始说话，他告诉了我"斗士"的故事，存在过的最伟大的赛马。他还告诉我像爱一个人那样深爱一匹马是可能的。

——我梦见马，他悄声说，我一生都在梦见它们。

我们继续前行，我真的像自己担忧的那样感到恶心。三天后我依旧在出汗并且呕吐。我全部吐光后身体脱水，我们必须在任何想得到的泉水边停下来好让我喝水。第四天时，我看见山姆在用他的双手掬水。

——这怎么可能？我心想。

——药汤发挥作用了，他说，读懂了我的想法。


然而他并没有真的在说话。他正站在巨大的峡谷的边缘，比西伯利亚钻石矿坑更巨大的峡谷，嚼着麦秆的一头。我很安静地坐着。他在聆听一阵孤独的狂奔，它仿佛是来自死寂梦境的一线呼吸。然后我通过他意识的双眼，看到了世上存在过的最伟大的赛马，他的前额有一颗白色的星，他的脊背是红色的，在黑暗中像余火未熄的木炭般闪闪发光。

*Intermission*

✦

幕
间
休
息

我父亲的杯子

"问题从未得到解决。解答只是种幻觉。是有灵光乍现的时刻,思想仿佛全然自由,但那不过是神迹显现。"

这些字句孜孜不倦地跟着我,仿佛那该死的招牌一路随我回到了纽约。我蓦然坐直身体。猜想大概是在电脑上工作时突然在书桌旁打起了瞌睡,因为有个没写完的句子是由一排冗长而错误的原音结尾。

——需要的是论证。只有论证具备严谨而真实的特质。

——别再学诗人侦探说话[1],我不耐烦地回答。

我起身走进卫生间,中途停下擦拭马桶圈,因为我侦测到了猫爪印的幽魂。论证,我乐了,洗着手。欧几里得懂这些。还有高斯和伽利略。要证明,我

---

1  指劳伦斯·布洛克(Lawrence Block,1938— )笔下著名的纽约私人侦探马修·斯卡德。

大声说，搜索着身体周围的空间。在决定行动的那一刻，我打开窗户，扯下铺盖，将盖在最上层的床单钉到墙上，端详它的洁白。从一盒旧库存中，我挖掘出一支黑色插画笔，那种画家们在二十世纪用的笔。一动不动站了几分钟后，我开始描画床单表面的平流层上那些熟悉的褶皱和曲线。

接下来的日子里，床单上的记号成倍增多。一些希腊语，代数算式，渐变的莫比乌斯环，还有一段生锈的弹簧拖着一道潦草的等式划过床单。


——一切皆未解决，招牌斥责道。
——一切未决，法官和天平们高喊。


跟随他们的声音，我走进一间宏伟的图书馆，不计其数的藏书里面是带镶边和护封的图片，就像剪贴簿一样，还附带铅笔写的说明。当维吉尔吐出最后一息时船正抵达布伦迪西姆港。幽灵船冰封在北冰洋，冰凌的帘幕垂下耀目如非洲钻石。史前巨人的骨骼漂浮，它们曾是骄傲的冰山。外来船只正倾覆，孩子们蓝色的脸庞，坍塌的蜂房和一只死亡的长颈鹿。

一切未决，当我把厚重的书册放回同样积着灰的书架时，一缕尘埃低声细语道。无论是以大规模还是大幽默的方式，没一件该死的事被解决。我能感觉到招牌在跟踪我。作为报复，我也反向跟踪回去，却遗憾地发现它有些虚弱无力，完全不是它的风格。

——一切皆未解决，招牌再次说道。
——一切未决，大自然回声阵阵。

我在迅疾变换形状的云朵中寻找慰藉——一条鱼，一只蜂鸟，一个浮潜的男孩，关于逝去的午后的画像。

是前所未有的高温、正死亡的珊瑚礁和碎裂的北极冰架让我寝食难安。是桑迪正悄然出入我的意识，进行着一番与细菌感染的搏斗，同时描绘着独属于他的、深植于城市之心酒店[1]的末世景象。我

---

1  城市之心酒店是电影《黑客帝国》中存在于矩阵城市的废弃酒店，303 号房间就在这家酒店内。

能听见他在思考，我能听见墙壁在呼吸。或许需要一次休整，类似幕间休息，从一个场景中退出，允许一些别的展开。一些微不足道的、轻巧的、完全不可预计的事。

　　一段时间以前，在斯拉卡歌剧院观看《特里斯坦和伊索尔德》[1]，趁幕间休息寻找卫生间时，我无意间闯进了一个没有上锁的房间，玛利亚·卡拉斯的戏服正在里面进行展览前的准备。我面前是她在皮埃·保罗·帕索里尼导演的电影中扮演美狄亚时穿过的那件独特的黑色束腰长袍。还有她的礼服，带有面纱的头饰，几串沉甸甸的琥珀珠串，以及厚重的无袖刺绣祭袍，她被要求穿着这件袍子奔跑在酷热的荒野上，热到据说帕索里尼是穿着泳裤完成了执导。他的美狄亚，尽管由世界上最具表现力的女高音饰演，却不曾歌唱，桑迪和我都觉得这是极大的不敬，也为她精彩绝伦的表演增添了不和谐的紧张感。我拿起琥珀，手掌由上至下抚过她的长袍，

---

1 《特里斯坦与伊索尔德》（*Tristan und Isolde*），是瓦格纳的一部歌剧，被视为古典 – 浪漫音乐的终结、新音乐的开山之作。

正是这件衣服让她变身科尔基斯[1]的女巫。提示铃响起，我匆忙回到座位上，我的同伴们没有感觉到任何不同寻常的迹象。他们不知道在幕间休息的空档，我触碰了美狄亚神圣的祭服，它的纤维中保存着伟大的卡拉斯的汗水和帕索里尼看不见的掌纹。

一切未曾解决，但我无论如何都将启程，我一边说着，一边收拾我的小行李箱。同样的装备：六件电音女郎[2]汗衫，六套内衣，六双黑黄条纹袜子，两本笔记本，治疗咳嗽的草药，我的相机，最后几盒过期不久的拍立得胶卷和一本书：《艾伦·金斯堡诗集》，向他即将到来的生日致意。他的诗将在短暂的巡回演讲中陪伴我，我将前往华沙、卢塞恩和苏黎世，白天可以随心所欲地消失在窄街小巷中，有些熟悉，有些陌生，带领我去往无法预料的新发现。一场被动的漫游，一次逃离世间喧嚷的喘息。罗伯特·瓦尔泽曾走过的街道。詹姆斯·乔伊斯的

---

1　科尔基斯（Colchis）是格鲁吉亚的一个地区，曾经是一个王国，美狄亚正是科尔基斯的公主。

2　电音女郎（Electric Lady Studios），美国著名电音吉他手、歌手、作曲人吉米·亨德里克斯于 20 世纪 60 年代在纽约创立的录音室。

墓就在小山上。约瑟夫·博伊斯灰色的毛毡外套挂在奥斯陆一间空荡荡的画廊内无人照看。

旅行中我不看新闻，重读艾伦的诗，一部内容浩瀚的氢气点唱机[1]，他的声音以各种声调出现。他不会脱离现下的政治氛围，而是会投身其中，竭尽全力发声，鼓励所有人要保持警惕、要行动起来、要投票，如果必要的话，被拖进囚车也要平静地反抗。

当我穿过一条条边境，周遭事物的动静中带着另一个世界的气息。孩童仿佛童话人物，像穿着小夹克的纸娃娃拖着他们自己的旅行箱，旅行箱上点缀着他们自己的行李牌。我渴望跟随他们的脚步，但继续着我注定的旅程前往里斯本，一个属于夜色中的鹅卵石街道的城市。

---

1　氢气点唱机（hydrogen jukebox），出自金斯堡的诗《嚎叫》，"……听着末日审判在氢气点唱机作响"。

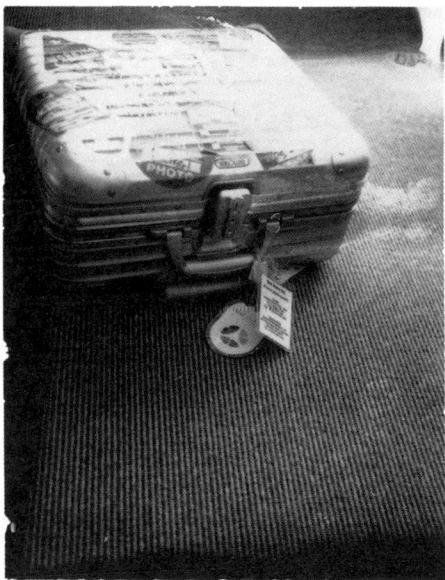

就是在这里，我遇到了费尔南多·佩索阿之家的档案管理员，我受邀在这位诗人的私人图书室停留。他们给了我白色的手套好让我翻阅几本他最喜欢的藏书。有侦探小说，威廉·布莱克和沃尔特·惠特曼的诗集，还有《恶之花》《启迪》和奥斯卡·王尔德童话集的珍本。比起佩索阿自己的作品，他的藏书似乎是更能窥见他内心的窗口，因为他有很多人格，每个都以各自被赋予的名字写作，却是佩索阿本人购买并珍爱过这些书。这个小小的认知让我兴致盎然。作家创造出独立的角色，他们过着自己的生活以各自的名字写作，这些角色不少于七十五个，每个都有不一样的衣冠外貌。所以我们如何能够了解真正的佩索阿？答案就在眼前，通过他的藏书，通过一间被完美地保存下来的独具一格的图书室。

　　为录音档案朗读《向惠特曼致意》这首诗，它由这些人格中的一个——阿尔瓦罗·德·冈波斯——创作，令我振奋。巧合的是，头天晚上我读了艾伦写给惠特曼的诗，照看这些藏书的图书管理员听到这样的关联时十分愉悦。时间匆匆而过，我忘了问他们是否收藏了佩索阿的宽边帽，我断定它们放在最初搭配的帽盒中，或许藏在一只隐秘的衣柜中，连同一整排大衣，它们是为那些隐秘的夜间散步之用。回酒店的路上，我经过他的塑像，以黄铜铸造而成，却仿佛在行进之中。

我徘徊在佩索阿的城市，尽管无法确切说出自己做了些什么。里斯本是个适合迷失的城市。清晨的咖啡馆里，在又一本笔记本上涂涂写写，每一页空白都是一个逃离的契机，笔为我效命，流畅而恒久。我睡得安稳，甚少做梦，直接进入了一场不受打扰的幕间休息。某次在暮色中散步时，一串音符飘过旧城，令我想起父亲低沉浑厚的声音。是的，是《里斯本安提瓜》（"Lisbon Antigua"），这首他最爱的歌。我记得孩提时代问过他歌名是什么意思。他微笑着说那是个秘密。

兄弟姐妹们，晚钟正敲响。街灯点亮卵石花纹的街道。在爱德华·霍普画笔下的那种寂静里，我走过佩索阿曾走过的街道，无论昼夜。一个拥有无数头脑的作家，如此多样的观看方式与如此庞杂的笔记，标记着如此多的姓名。走在铺着地砖的人行

里斯本，巴西人咖啡馆

道上，触碰着象牙色的墙壁，我经过一扇窗，留意到有位绅士站在吧台边，微微俯身，正在笔记上潦草地写着。他穿着棕色的大衣戴着毛毡帽。我想要走进去却没门。透过玻璃窗注视他，我看见的脸熟悉又陌生。

——他不过就和你我一样。

招牌又回来了，我洞察秋毫的复仇女神，但身处让我无能为力的孤独之中，不禁为此感到欢欣。

——你真的这样认为吗？我问。

——我完全肯定，它回答道，有些和蔼可亲。

——你知道吗，我轻声说，你是对的，我真的要去艾尔斯岩了。

——你的鞋底已经染红。

我没有问招牌我的丈夫在宇宙中某个分派给他的空间里过得如何。我没有问桑迪的命运。也没有问及山姆。这些事是禁忌，就如同以祷告的方式向天使祈求。我清楚地知道，人不能以祈求挽留一个人的生命，也不能挽留两个人。人唯一可以确认的是一个希望，期冀力量会在所有人心中增长。

卵石街道引领我走向我临时的家。我的房间很迷人，极简风格中混合着罕有的细节。一张铺着亚麻床单的雕花木床，一张带白色格纹镇纸与染色象牙开信刀的小书桌。提供的文具少得可怜，仅够写一封信函，却是精心打磨抛光的羊皮纸。浴室的地板闪闪发光，由一块块细小的蓝色和白色马赛克拼成，就像罗马浴室的地板一样。

我坐在桌边，从背包中拿出我老旧的拍立得相机检查风箱。艾伦的诗集翻开在《加州超市》那一页。我想起那些画面，他双腿交叠坐在地板上的唱机旁，跟随玛·雷尼[1]哼唱着。详尽地解说弥尔顿和布莱克的诗以及《艾莲娜·瑞比》（"Eleanor Rigby"）[2]这首歌的歌词。为我年幼的儿子行洗礼，忍受偏头痛的折磨。艾伦侃侃而谈，翩翩起舞，大声咆哮。艾伦陷入长眠，床头挂着惠特曼的肖像，他的终身伴

---

1 玛·雷尼（Ma Rainey，1886—1939），美国最早的蓝调歌手之一，被称为蓝调之母。

2 《艾莲娜·瑞比》是"披头士"乐队的歌曲，它以孤独与死亡为主题，配合悲伤的弦乐伴奏，令此歌变得非常著名。

侣彼得·奥洛夫斯基跪在他身旁，为他覆上白色的花瓣。

我疲惫而充实，深信自己以某种方式揭开了这个城市的隐秘。床头柜的抽屉中有张带插图的袖珍地图，萨布罗萨镇的小小导览，那里是麦哲伦的出生地。我有段模糊的记忆，在厨房的桌子上画着一艘环游世界的船。我的父亲在做一壶咖啡，吹口哨唱着《里斯本安提瓜》。我几乎能听到音符与滴滤咖啡壶的声响交织在一起。萨布罗萨，我轻声低语。有人正在拉紧我座椅的安全带。房间角落的木床看起来如此遥远，一切不过是场幕间休息，关于微小而温柔的终局。

*Home Is the Sailor*

✦

水
手
归
家

我钉在墙上的床单依旧还在那里，像无力的风帆般垂下。我完全将它忘在了脑后。曾创造出这些错综复杂之标记的心志已然不复存在。另外，暴雨导致天窗漏水，现在床单染上了铁锈色的条纹污渍，它们似乎组成了自己的语言，在我时断时续的睡梦中漂游。

没有月亮，头顶是漆黑的天空。镇定一点，才刚凌晨四点，当我脚步迟缓地走向洗手间时我对自己说道，一种陌生的空旷感，仿佛两个小房间被掏空了内部制造出毫无必要的怪异格局。洗手间里有一只老旧的水槽，贴着瓷砖的小淋浴间，废弃不用的猫脚浴缸里堆满了亚麻床单，还有足够空间可以在炎热的夏日夜晚往地上扔块垫子伸展一下手脚。墙边靠着块略显斑驳的镜子，镜子上那张褪色明信片的图案是"维多利亚"号，麦哲伦的船队中倒数第二小的船只，由探险家亲自驾驭。

地平线上丝毫感觉不到睡意的来临，我铺开垫子求助于一个老游戏，最初为哄自己入睡而发明的游戏。我想象自己是捕鲸船时期的水手正进行遥远的航行。我们处于猛烈暴风雨的中央，船长毫无经验的儿子被一截绳子缠住脚后又被甩到了船外。不畏艰险的水手跟着他跳进汹涌翻滚的海水。船员们扔下极长的绳子，小伙子在水手的怀抱中被拖上甲板并抬进船舱。

水手受传召来到后甲板区并被带到船长的内室。全身湿透瑟瑟发抖，他带着惊讶打量周遭的一切。船长，难得真情流露，上前拥抱他。你救了我孩子的命，他说，告诉我怎样才能报答你。腼腆的水手要求请船上每个人畅饮朗姆酒。一言为定，船长说，但你自己要什么呢？迟疑片刻，水手回答道：从小时候起，我就一直睡船上的地板、通铺和吊床，我已经很久没有睡过像样的床了。

船长被水手的谦逊感动，将自己的床让给水手，朝儿子的房间走去。水手站在船长的空床边。床上有羽绒枕头和轻柔的盖毯。床脚边有一只硕大的皮制行李箱。他在身上画了十字，吹熄蜡烛，沉入一场罕有的、完全将他包裹的安眠之中。

他带着惊讶打量周遭的一切

有时当我难以入眠，我会玩这个游戏，它和梅尔维尔的书有关，能让我从浴室地板的垫子上回到自己的床上，赐予我一场求之不得的熟睡。但它不适用于这个湿漉漉的夜晚。淘气的猴子在玩弄气候，玩弄即将到来的大选，玩弄神志，制造出令人痛苦的睡眠或根本无法入睡。雨突然落下砸在天窗上，打断我紊乱的思绪。我看着红色的污渍分开又重组，如无法破译的苏美尔文字。橱柜中有只水桶，我将它放在裂缝下面，等待着雨水时断时续地落下，演奏出独属于它的田园牧歌式的韵律。

我打开我的小电视机，谨慎地避开新闻。电视屏幕上，金发的奥萝尔·克莱芒[1]正一边低声说着法语一边将鸦片烟斗填满。

——有两个你，她走近马丁·辛[2]时说，一个会杀人，一个不会。

——有两个你，她再次说道，缓缓走出镜头。

---

1　奥萝尔·克莱芒（Aurore Clément，1945— ），法国女演员。

2　马丁·辛（Martin Sheen，1940— ），演员，演出角色包括《现代启示录》中的本杰明·韦勒上尉。

一个走在现实世界，一个走在梦中。

她起身，扔下她的睡袍，缓缓解开围在他们床边的蚊帐。他吸了一口烟斗，注视着白色蚊帐后面她身体的轮廓。当他穿过战争的烟雾向她伸出手去时，她正不疾不徐地解开所有蚊帐。

最终我感觉到睡眠的临近，向水手、韦勒上尉和拿着鸦片烟枪的法国女孩道晚安。我能听见我的母亲在朗诵一首罗伯特·路易斯·史蒂文森写的诗。"水手归家，归自大海。猎手归家，归自高山。"我能看见她的手推着一个滚轮，在重新粉刷卧室或是铺上新的壁纸。演职员表开始滚动，显示道:《现代启示录》最终剪辑版。网在我周身收拢，橡皮筋被剪断，血液流入空药瓶，描绘未理清的思绪。

*Imitation of a Dream*

✦

梦
境
的
模
仿

献给桑迪

桑迪，睁开你的眼睛。我用左手在窗户上描摹着这句话，一遍又一遍，仿佛在施行一句咒语。一句阿尔托式的咒语，一句将真正奏效的咒语。但没有任何带魔力的努力可以改变死神的安排。七月二十六日，序幕终结，帕西法尔[1]跪在受了致命伤的天鹅面前而桑迪·派尔曼离开了尘世。

同一天，还有南加州发生山火的新闻，浓烟一路飘到内华达州。民主党议会也在它掺杂着希望与绝望的烈焰中煎熬。"阳光动力2号"，这架太阳能动力的飞机最后一次绕地球飞行。那些桑迪赞美过的众神将他们的大理石头颅埋进沙色的毛巾里。他永远不会和他挚爱的基努·里维斯一起走进矩阵世界，或是不断循环在《死亡幻觉》[2]的疯狂世界中，

---

1 《帕西法尔》中的主角，歌剧的第一幕里，少年帕西法尔曾因无知而射杀天鹅。

2 《死亡幻觉》(Donnie Darko)，由理查德·凯利执导，杰克·吉伦哈尔、凯瑟琳·罗斯、德鲁·巴里摩尔主演的科幻悬疑电影，于2001年在美国上映。

也不会听着《晨间天使》（"Angel of the Morning"）
这首歌吃下魔鬼的蛋糕。桑迪，拥有一颗善思的心
脏，在持续的梦境中构建一场对历史的宏大反思之
同时，正作为他那艘施了魔法的船只的船长，寻找
着他的"伊马吉诺斯"王国。

夏天的白昼变得漫长起来。每一片田野中都有
向日葵在盛开。沉浸在我的孤独之中，我想象着狼
群在嚎叫。我跟随它们，长途跋涉经过冰封的边境，
经过姜饼做成的小屋，整个村庄被困在一块冰面上，
冰面的大小和十三州¹中最小的州一样。一块随波
逐流的殖民地。我抬头看向太阳，它仿佛是孩子手
绘的图案，每道光芒都清晰可见。

八月五号，他的生日，也是我儿子的生日，我
打开书桌找到了桑迪寄给我的最后一个包裹，它在
我旅行时抵达，还没拆开就被收了起来。不为什么
特别原因，他常常给我惊喜，送我的礼物有阿兹特
克巧克力、西雅图的红鲑鱼罐头、索尔蒂指挥的《尼

---

1　1776年，美国建立初期只有北美洲大西洋沿岸的十三个州，为十三
　个英属殖民地。

伯龙根的指环》集锦。我把包裹和其他一些物品一同打包，其中有半磅栗子意面和一些葱，然后搭乘长长的地铁前往洛克威海滩的小屋。我费了好大工夫才打开破旧防飓风铁门上的密码锁，因为干掉的盐粒把数字都卡住了。院子成了茂盛的车前草和野胡萝卜花组成的战场。

走进屋内后，我把窗户们敞开。我已经几个星期没来洛克威，房子需要一些新鲜空气。我把沙粒从我的中国地毯上抖掉，给铺红地砖的地板洗了尘，还用乌龙茶把地抹了一遍。我想喝咖啡，但潮湿已经把雀巢咖啡罐里剩余的咖啡结成了硬块。

打开包裹，我想象桑迪匆忙地写着地址，用很多很多的透明胶带将它封妥。那是一张名为《灰折》（Grayfolded）的 CD，"感恩至死"乐队实验性质的录音作品，很难找到而且被无数人觊觎。他曾向我保证会找到它并真的做到了。生日快乐，桑迪，我大声说，谢谢你的礼物。我感到极度平静，甚至有些解脱。我擦干净盘子，为自己做了些意大利面，腿上放着盘子坐在门廊上，凝视着自己的院子，顽强的鸡爪草肆虐，已经盖过了香草和野花，如同印

151

第安平原上的殖民者。

我一动不动坐着，没有起身，也没有去拿工具，没有垦地也没有除草。我突然感到仿佛已死去——不，不是死了，更像是身处另一个世界，一种恩赐的死亡。我能感觉生命在疾步飞驰，头顶有一架飞机，大海就在不远处，《黑暗之星》（"Dark Star"）的乐符飘散开来穿过我的纱窗门。我无法让自己动起来，任凭自己被带往别处，远在我认识桑迪之前，远在我听过瓦格纳之前，那是又一个在电子马戏团[1]度过的夏天，一个年轻的女孩正和一个同样年轻的男孩缓缓起舞，笨拙地陷在爱河里。

---

1 电子马戏团（The Electric Circus），一个在 1967 年至 1971 年间位于纽约曼哈顿东村的迪斯科舞厅。

黑
蝴
蝶

八月的最后几天我在肯塔基州和山姆一起度过。绝大多数下午我们都在工作。临近黄昏时我出门稍做休息，被花园边窗台上不寻常的动静吸引了注意力。窗台上铺满黑蝴蝶，不计其数，层层叠叠，在半明半暗的光线中沉浸于震颤的狂乱中。它们发出轻不可闻的哨音，或许是它们的临终曲，黑色翅膀则是它们的丧服。我想起自己为已成年的孩子们在他们祖父德维尔的葬礼上拍下的那张照片。儿子戴着黑色的斯特森牛仔帽，女儿穿着黑色的裙子。

当我进门的时候山姆抬起头微笑，我们随即再次回到工作中。近期一些手稿的初稿。做了一些更改，还有几个他为避免手写的困难而口述的新段落。不久之前他曾告诉我人必须在绝对的孤独之中写作，但出于现实需要，他改变了写作方式。山姆很适应，似乎因为专注于新方式带来的曙光而精神焕发。

他的妹妹罗克珊为我沏了茶。"你在咳嗽。"

她说。山姆笑了。"她已经咳了四十五年。"山姆纹丝不动地坐在轮椅中，双手搁在桌上。他老旧的吉布森放置在角落里，一把他再也不能弹奏的吉他。当下的现实抛出重击，无法敲击打字机键盘，无法管理牲口，再不能费劲地穿上他的牛仔靴。对此我依旧只字不提，山姆也是同样。他用书写下的文字填补这些空白，探寻着只有他一个人能定夺的完美。

我们继续，我朗读并记录，山姆即时大声"写"出来。更艰难的工作是维持孤独状态。写作需要的孤独，是那些绝对必须的时刻，如遨游于太空，像《2001太空漫游》中的宇航员那样，永不死亡，只是在漫无止境的电影疆域中一直一直飘浮下去，直至无穷，在那里，不可思议的收缩人依旧在缩小，在那个宇宙中，他是永恒的君王。

——我们成了一幕贝克特的戏剧，山姆和蔼地说。

我想象我们从此在厨房的餐桌边扎根，每个人都生活在带白铁皮盖的桶中，我们醒来后伸出脑袋，

156

坐在咖啡和抹了花生酱的吐司前等待着，直到太阳升起，让我们看清自己孤身一人，不是在一起孤独着，而是各自孤独着，不去打扰彼此孤独的氛围。

——是的，一幕贝克特，他再次说道。

夜晚降临，他妹妹准备好他需要的物品。我在临时的床铺中安顿好，床就摆在我能看见他的地方。

——你还好吗？他问。

——是的，我很好。我回答。

——晚安，帕蒂·李[1]。

——晚安，山姆。


我躺在那里听着他呼吸的声音。房间没有窗帘，所以我能看见树的剪影。月光照亮了脆弱的蛛网、他的床铺边缘、我们之间堆满书籍的咖啡矮桌还有我从盖在身上的被子里伸出去的双脚。透过窗户我看见夜晚的图景正召唤着我。无法入睡，我起身去室外呼吸空气，仰望星群，聆听蟋蟀和牛蛙拼尽全力大叫。我借着手机上的电筒灯光回到花园里。黑

---

1  帕蒂·史密斯本名为派翠西亚·李·史密斯（Patricia Lee Smith）。

蝴蝶们依旧还在那里，一动不动，覆盖住一大块花园院墙的窗台，但我无法辨认它们是死了或者只是沉睡。

*Amulets*

✦

# 护身符

作家的鞋

我坐在我的混乱的中央。墙边堆着的纸箱里是二十年来拍过的拍立得照片。牢记着一个许诺过的任务，我着手进行整理这无数照片的任务，拍的绝大多数是雕像、祭坛和已倒闭的酒店。我耗费了数小时的时间却没能找到那张向欧内斯特允诺过的照片——罗贝托·波拉尼奥的游戏。内疚刺痛了我，但说到底就算能找到它也丝毫不知道该寄往哪里。"兜着圈子，兜着圈子"是一首歌的歌词，但我不记得是哪一首。兜着圈子，包围着我的照片里是我已辨认不出名字的城市、街道和群山，如同早已过了时效的案件留下的琐碎证据。

我把大概在过去一年时间里拍的照片拿了出来。桥上餐厅贴着《狼女孩》海报的内墙，店名字体和内部风格并不匹配的咖啡馆。一张没有整理过的床，拍摄角度不佳的欧内斯特的卡车。一只鹈鹕站在 WOW 咖啡馆的招牌上。带幸运挂坠的手链滑下雷克萨斯车仪表盘的动态瞬间，那是凯米的幸运

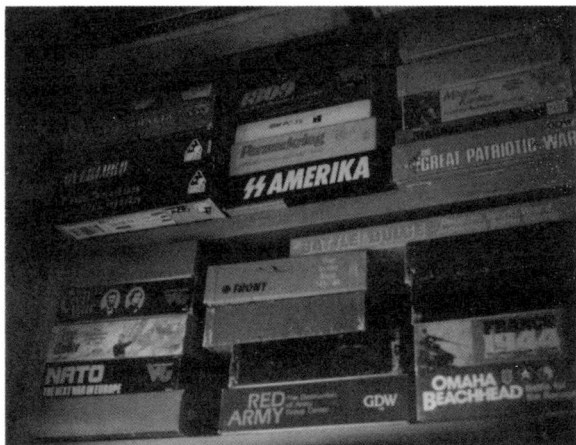

挂坠们，每一件都代表着她讲过的一个故事。

凯米、欧内斯特、赫苏斯和金发女郎，所有存在于另一种现实中的人物。特艺彩色世界中的黑白剪纸画。甚至是海滩上的招牌和警卫们。一个对他们来说毫无意义的世界，却似乎能为初冬一场不可能上演的戏剧中那些无法言说的疑问提供解答。

重新把拍立得相片摞到箱子里时，我找到了几个装在蕉麻纸文件夹里的玻璃纸信封。里面的照片有毕尔巴鄂的古根海姆博物馆和布拉内斯海滩酒店五十年代风格的大堂。显然是我因为喜爱而分开收藏的照片。作家的鞋子。维吉尔的墓地。迷雾中的两棵菩提树。一张接着一张，每张都是由持续不断的旅程们串成的项链上的一枚护身符。而黑色卷发小女孩的照片后面，正是波拉尼奥的游戏们。没什么特别，只是橱柜内部的照片，但正是我一直都在寻找的照片。

我带着某种满足坐在地板上，并不是徒劳无功的寻找。我凝视着照片中微笑的女孩，她是波拉尼奥的女儿。她没有玩过父亲的游戏，但有自己的游戏可以玩。我想象着好几个这样的女孩，转着圈，用都不一样但听起来又似乎相同的语言唱着歌。突然间，我感到疲惫。我留在原地，靠着床，试图梳理我严重缠绕打结的头发。一段解开两个黄金幸运符的简短画面浮现在脑海。一对悬挂着的黄金环扣和面孔，时而接近，时而朦胧。

*In Search of Imaginos*

✦

# 寻找伊马吉诺斯

伊马吉诺斯去往太阳，

唱着无人知晓的歌曲留下没有结局的故事。

——桑迪·派尔曼

修道院博物馆，《被囚禁的独角兽》

我步行经过整条大西洋大道，曾在这里买到过别处找不到的印度和雷鬼唱片。我停下脚步，在一家废弃电影院门前那些塞得满满当当的箱子里翻找起被丢弃的戏服来，带亮片的长袍和挂缀饰的短裙在印第安夏日的阳光里闪闪发光。我挖出一件脆弱的丝绸长裙，剪裁宽松但依旧轻若无物，仿佛是由好斗的蜘蛛们纺的布料。我把夹克放到一只箱子上，将裙子套在汗衫和工装裤的外面。我继续挖掘并找到一件大衣，同样轻巧但略有磨损。它是我喜欢的那种大衣，完全没有缝合拼接，下摆和袖口上布满小洞。右边口袋里有一根橡皮筋，缠着一些线头。我把头发扎成马尾，走上金属跳板，在杰弗森飞机里找到自己的位子坐下。是真的飞机，而不是那支乐队[1]，但当我往外看时我意识到自己是在卡车上，不是飞机里，这

1　指 1965 年成立于旧金山的迷幻摇滚先锋乐队杰弗森飞机。

令我完全迷惑了。司机打开了收音机，棒球比赛被另一种语言的无线电呼叫打断，听来很有乐感，或许是阿尔巴尼亚语。他走的路线和我要求的不同并对所有问题不予理会。他不停地嘟哝着挠他粗壮的双臂，我留意到皮屑掉在黑色的人造革扶手上。我们被堵在一座桥上，不过并非普通的桥，而是感觉在轻微晃动的桥。我极度想要下车步行过桥。

而一切依旧。无论我走向何方、身处哪架飞机，时间依旧是猴年。我依旧行进在带着腐蚀性边缘的人工光亮中，身处选举前两极分化严重如塌方的超现实世界，身处毒素侵害每一个前哨岗站的雪崩之中。我一次又一次擦掉鞋底的屎，依旧忙自己的工作，这是我活着所能做出的最大努力。但暗中潜伏的失眠正缓慢蚕食我的夜晚，屈服于破晓时分不断重演的尘世的痛苦。有些时候我开着电视机入睡，一台放在我床右边的小电视。避开新闻，我观看可点播的频道，随机选择《黑客军团》的任意一集，调低音量播放。我觉得艾略特这个穿帽衫的黑客那单调的画外音非常催眠，躺在迷失的边缘，几乎就如同安睡。

十月初，莱尼和我飞去旧金山参加桑迪的追悼会。我感到一阵阵不可理喻的痛苦。应该在阿什兰，我想着，让整部《指环》在平地上循环上演，没有椅子，演出在圆形舞台进行，所有哀悼者可以每小时变换位置，从各个角度感受《指环》的魅力。桑迪留下一个空洞，用他出人意料的离去，以他对瓦格纳、阿瑟·李、吉姆·莫里森、本杰明·布里顿、《科利奥兰纳斯》《黑客帝国》以及旨在让戏剧界癫狂然后重构的革命性的新版《美狄亚》。没有家人发言，朋友们一个接一个深情地诉说着，或者是以幽默的口吻谈起他在石溪大学度过的年轻岁月，他在音乐技巧上的贡献，他写的歌以及"蓝牡蛎崇拜"乐队富有远见的制作风格。他是麦吉尔大学受人尊敬的著名讲师，专门研究经典文学和重金属音乐之间微妙晦涩的关联。

萝尼·霍夫曼和她的丈夫罗伯特·邓肯——桑

迪毕生的守护天使——是他们无私地为桑迪复杂并最终失败的最后康复费尽周折，两人都悲恸地说起持续数十年的友谊。他们往事的吉光片羽与我的回忆交织，我发现自己回到了很久以前和桑迪驾车前往修道院美术馆的旅行。当时他还开着跑车，想要让我看那块名为《被囚禁的独角兽》的著名挂毯，由十六世纪不知名的工匠受不知名的贵族委托而织造的经典作品。挂毯尺寸巨大，至少有十二英尺高的复杂图案由羊毛经纱、丝线、金银线和镀金的纬纱编织而成。

桑迪和我站在《被囚禁的独角兽》前面。这只神奇的动物被木头藩篱圈住，周围是野花铺就的地毯，看来栩栩如生。桑迪，善于编织语言的能工巧匠，讲述了这次可怕捕猎事件的来龙去脉，独角兽是如何被少女哄骗并遭背叛。

——独角兽，桑迪神情肃穆地说，隐喻着可怕的爱情的力量。

跪倒在地的独角兽在痛苦之中散发着光芒。以前我只在书籍中见过独角兽并心怀仰慕，并不是感叹于它的珍奇，而是它有与生俱来的力量能唤醒深埋人心的信仰，去相信神奇生物的存在。

——这只独角兽，他继续说道，还活着，正如你我。

莱尼轻轻拍了拍我的肩膀，带我走上一个小舞台。我们演唱了《淡蓝色的眼睛》（"Pale Blue Eyes"），接着是慢速仪式版的《八英里高空》（"Eight Miles High"），这两首歌都对桑迪意义深厚。莱尼闭上眼睛弹奏着电吉他。我情不自禁地感到令我心烦意乱的恍惚，好像妮可[1]在演唱她献给莱尼·布鲁斯的颂歌。

最后，阿尔伯特·布沙尔，"蓝牡蛎崇拜"魅力非凡的鼓手开始演唱桑迪的代表作《天文学》（"Astronomy"），他只用一把木吉他伴奏——考虑到这首歌的深度和广度，这样的技艺需要极度的忘我。几年前，我和桑迪一起，两个人心荡神驰地观

---

[1] 妮可（Nico，1938—1988），原名克里斯塔·帕夫根（Christa Päffgen），德国女歌手、时装模特、演员，曾与"地下丝绒"乐队合作，歌曲作品包括《献给莱尼·布鲁斯的颂歌》（"Eulogy To Lenny Bruce"）。

看了阿尔伯特领衔的"蓝牡蛎崇拜"在圆形体育场内为一万八千人演绎同一首歌。此刻，阿尔伯特独自一人，带着一种悲怆演绎了《天文学》这首歌，他击碎了所有的隐忍，所有人都哭了。

莱尼和我离开房间走进夜色，步行穿过唐人街。我们经过了我曾独自经过的那张智慧之猴长椅。仿佛，我们走了永远那么长的时间，走过旧金山起起伏伏的街道，在费尔摩街和费尔街的拐角停下来喘气。我穿着在大西洋大道上那些翻倒的箱子里找到的衣服。莱尼穿着曾属于我丈夫的黑色夹克衫搭配黑色牛仔裤与黑色皮背心。我提起裙摆系鞋带。

——裙子很漂亮，他说。

两天后，乐队在费尔摩和我们一起向桑迪致敬。当我从车里走出来时，两个男人向我走来。他们看起来毫无相似之处，却让我感觉他们就是同一个人。剃光头的男人给了我一串项链。我没有看一眼就把项链放进了夹克口袋，再次踏上通往舞台大门的金属跳板，想象着杰瑞·加西亚做着同样的动作。莱尼已经在那里迎接我，撑着沉重的铁门。向他走去之前我呆滞了片刻，突然间意识到我们每次都在重复做着一样的事。

那晚，演唱《千舞之地》（"Land of a Thousand Dances"）这首歌时，我在间奏时闭上了双眼，一路即兴表演至波罗的海，去往美狄亚的大地。我走过一望无际的贫瘠之地，跟随穿着凉鞋的美狄亚的脚步，正如她曾一路跟随伊阿宋的脚步。金羊毛闪闪发光，让所有胆敢直视它的人都变盲。我看见美狄亚一览无余的心脏里烈火熊熊，感觉到血液在她血管里沸腾。一个高贵的女祭司然而同时也只不过是个乡间长大的姑娘，她的聪慧比不上伊阿宋的人马。被迫放弃原来的自我，她伪装成狐狸逃避追捕。她幼小的儿子们在熟睡。伊阿宋的儿子们。她爱他，而他背叛了她。我看见她举起戴着层层厚重手镯的洁白手臂。我看见羊毛失去光泽。我看见匕首找到他们幼小的心脏。

乐队在大声演奏，人群喧哗，情绪自然而然地爆发了。或许有人在跟随伊阿宋的金羊毛留下的绑痕一路直至美狄亚的织物以及其上来自另一个世界的可怕巫术，但没有关系。我为桑迪而歌唱，从我口中汹涌而出的诗是为他而作。我看到了他耀目的微笑，那双冰蓝色的眼睛，有一个瞬间我感觉到强大的愉悦气息将它的斗篷铺在了歌剧、神话和摇滚乐的祭坛之上。我身处他正在的地方，我们站着，感知着彼此，一同站立在这无法转圜的悲剧的绝境边缘。

为
什
么
贝
琳
达
·
卡
莱
尔
¹
很
关
键

---

1 贝琳达·卡莱尔（Belinda Carlisle, 1958— ）美国歌手，曾是女子
乐队加油合唱团（The Go-Go's）的主唱，1985 年乐队解散后继续
演唱事业。

酒店的电话不停地响着。是前台打来的，但是哪个酒店的前台，哪个城市，哪个月份？好吧，是十月，西雅图，在一间能看见庞大空调机组的空旷房间里。我计划要发表一个关于图书馆的重要性的演讲。时间是下午四点，而我穿着外套睡着了。我穿去参加追悼会的裙子铺在沙发上。我抵达后放下行李接着就这么昏睡了过去。带着少许晕眩无力，我洗了脸开始准备讲稿，在脑海中整理出一系列自孩提时代就经常去的图书馆，那时候一张借书卡就能打开通往整套故事书的大门：《鲍勃西双胞胎》《威利叔叔》《侦探弗雷迪》，还有全套《绿野仙踪》和南希·德鲁的探案集。图书馆的记忆和我个人藏书的画面交织在一起，上百本书，摆在床上，排列在楼梯台阶的右侧，堆在厨房的折叠轻便桌上，还有地板上高高的书堆，靠着墙角。

一走进大堂，我感觉到扑面而来的恍惚，感觉自己很像电影《第三人》中的霍利·马丁，他从维也纳的酒店被叫出去，做了关于牛仔在美国文学中扮演什么角色的演讲。和霍利一样，我感觉准备极为不充分。站在满满一屋子人面前，我猜想还是从个人的经历谈起比较好，于是讲起了一间图书馆对于住在南新泽西州乡村的九岁书虫来说有多重要，那是一片文化荒漠，没有一家书店，谢天谢地还有一间小图书馆，距离我家大概两英里远。

我说起书籍一直以来对我意味着什么，我怎样每个星期六去图书馆挑选一星期的读物。一个深秋的早晨，不顾汹涌聚集的浓云，我和平常一样穿戴整齐步行出发，经过桃树园、猪圈、岔道口的旱冰场，岔道的一条通往唯一的图书馆。每次看见这么多书都能让我激动不已，一排又一排的书，五颜六色的书脊。我花费了很漫长的时间挑选那天要借的一批书，天空变得越来越阴云密布。最初，我并不担心，因为我腿长又步速极快，但接下来的情况是我很明显无法快过迫在眉睫的暴雨。气温下降，风速加剧，暴雨随之而来，然后是倾盆的冰雹。我把书都塞进大衣里保护它们，我还有很长的路要走；我踩在水塘里时能感觉冰冷的水浸透了我的短袜。当我终于到家时，我母亲又心疼又生气，为我准备了热腾腾的洗澡水并勒令我上床休息。我得了支气管炎并缺席了好几天的课。但这都是值得的，因为我借到了书，其中有《奥兹国的铁皮人》《半个魔法》和《佛兰德的狗》。这些我一读再读的精彩好书，只有靠图书馆我才有机会接触到它们。当我讲述这个小故事的时候，我留意到听众席中有几个人在用手帕拭泪，在那个痴迷看书的小女孩身上看到了某些自己的影子。

第二天一早，我起床后在一个叫"红宝石"的地方喝咖啡。我记得几年前摩尔大剧院的演唱会结束后，曾与莱尼和桑迪一起在这里吃过饭，那是西雅图年代最悠久的剧院，因其埃及式的装修风格而驰名。伟大的尼金斯基和安娜·巴甫洛娃曾在这舞台上起舞，还有诸如莎拉·伯恩哈特、马克斯兄弟、埃塞尔·巴里摩尔和哈里·胡迪尼也在这里贡献了状态最佳的表演。这里曾施行种族隔离，受歧视的有色人种坐高处的楼座位子。剧院的这个污点并非不具备讽刺意味，因为正是这些座位才能获得最佳音效。同一年桑迪和我开车去阿什兰的俄勒冈莎士比亚戏剧节观看《科利奥兰纳斯》。或者用桑迪的话说，是去见证一场狂妄自大的崩塌，莎士比亚将这种狂妄提升到了神秘主义的境界。吃完早餐，我步行去为"生命面包计划"[1]捐款。一个无家可归者身穿长长的灰色大衣，头戴紫色水手毛线帽，正用一根很粗的粉色粉笔在砖墙上潦草地写着什么。我往他用硬纸板搭成的临时床铺边的杯子里塞了五美金，然后注视着他的手指等字句缓缓显现：贝琳达·卡莱尔很关键。

——为什么？我问，为什么贝琳达·卡莱尔很关键？

他盯着我看了相当长的时间，这时间又延展成一段更漫长的时光，一路回溯到城市依旧还只是山丘的岁月。他把目光从我身上移开，转过头去打量，接着低头看向他的鞋子，最后抬起头来轻声作答。

——她有节奏感。

---

1　生命面包计划（Bread of Life Mission），建立于 1939 年的的西雅图基督教公益组织，为社区内无家可归者和贫穷的人们提供食物、药物等各项帮助，办公室位于西雅图先锋广场。

这是货真价实的桑迪式时刻。如果他在的话，肯定也会宣告这项重要事实。我只是微笑着耸了耸肩。我不怀疑他的话但也没有很信服，直到回纽约几天之后，无法入睡，我不停切换着频道，然后停在某个音乐广告。我猜是那种八十年代 CD 二十二张打包大优惠，或者就是女团 CD 大甩卖，但电视上是加油合唱团，在某个英国流行乐节目上表演《我们有自己的节奏》（"We Got the Beat"）这首歌。所有女孩都很酷，但贝琳达姿态最好，毫不浮夸，有点像带摩登摇摆风的电影《沙滩舞会》，有点帕拉迪斯[1]的法式风情，紧身裤和小巧的高跟鞋。啊，贝琳达，我大声说，你有节奏感！

她的奔放活力深具感染力。我想象着一股桀骜不驯的气焰席卷大地，像《西区故事》里的男孩们那样，踩着越来越神气十足的舞步，唱着："你是火箭帮的人……"成百上千个女孩和男孩涌过开放的封锁线，模仿着贝琳达·卡莱尔的动作，唱着《我

---

1　指凡妮莎·帕拉迪斯（Vanessa Paradis，1972— ），法国女演员、歌手。

们有自己的节奏》。士兵们放下了武器，水手们离开了他们的岗位，盗贼们离开了犯罪现场，突然之间我们全都身处一场宏大的音乐剧场景之中。不讲权势，不分种族，不谈宗教，不说抱歉。当这场精彩的演出在我脑海快速上演，有一部分我一跃而起，踩着滑步走过大道，走进布景中，加入这合唱团无限壮大的广告，就像威廉·布莱克的天使们从生命之书翻动的书页间鱼贯而出。

圣
座

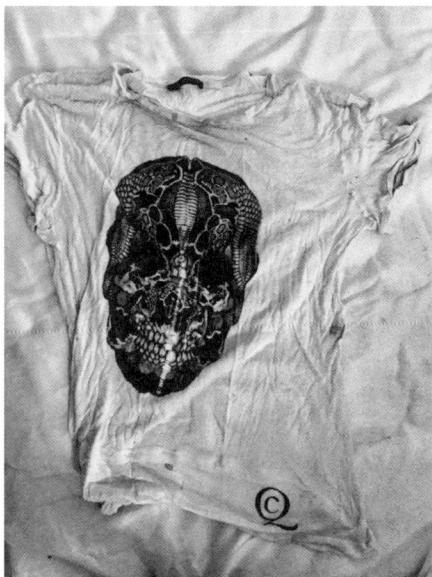

那天是亡灵节

那天是亡灵节。街道上装点着硬糖骷髅，空气中飘浮着疯狂的气息。对于猴年的选举我有不好的预感。别担心，每个人都说，多数人说了算。不是这样的，我反驳道，是沉默说了算数，而决定结果的，正是那些不肯投票的人。但谁又能责怪他们呢，当一切就是谎言，当存在舞弊的选举最终徒劳无益。上百万的钱流进了黑洞，花费在无休止的聒噪电视广告上。真正的黑暗时代。所有的资源本可以用于铲掉破旧学校墙壁上残留的子弹，为无家可归者提供庇护，或是清理被污染的河流。某个竞选人却歇斯底里地挥金如土，其他人则以他的名义建起不切实际的空中楼阁，这是另一种不道德的浪费。无论如何，尽管各种疑虑，我投了票。

胜选之夜我和好朋友们聚在一起，我们看着这出名为美国选举的糟糕肥皂剧在硕大的电视屏幕上开场。一票接着一票，票数跌跌撞撞地增长直到天亮。狂徒恶霸趾高气扬。沉默者决定了终局。百分之二十四的人口选择了我们中最糟糕的人来代表另外的百分之七十六。万岁,我们美国式的漠然,万岁,总统选举人团翻云覆雨的手段。

无法入睡,我步行到了地狱厨房区。一些酒吧已经开门营业,又或许它们从不关门,没有人打扫清理卡座为新的一天做准备。可能是为了否认它是崭新的一天或者仅仅想要阻断它的开始。"依旧还是昨天,"碎屑残渣大声喊道,"地狱中还存着一线希望!"我点了一杯伏特加和一杯水。我必须把冰块从两杯饮料中捞出来,扔进一盘变味的扭结饼里。收音机开着,一台真正的收音机,比莉·哈乐黛在唱《奇异的果实》("Strange Fruit")。她的嗓音,带着凝练的痛楚,唤起掺杂了仰慕与愧疚的战栗。我想象她坐在吧台边,发间别着栀子花,膝头坐着一只吉娃娃。我想象她穿着起皱的白色裙子和衬衫睡在柴油长途巴士上,南方的白人酒店拒绝让她入住,虽然她是比莉·哈乐黛,虽然她是作为人的存在。

头顶的风扇积着灰尘。我注视它转动,或者说注视着它即将转动起来。某个片刻我一定在点头,抓住另一首逝去的歌谣的尾巴。"纽约,我爱你,但你却令我失望"[1]。青松覆盖着群山,篮子里是清晨的鸡蛋。


——再来一杯?

——我不太能喝,我说道,再来一点黑咖啡就好。

——你要牛奶吗?


女服务生很漂亮但嘴唇上挂着一小片皮屑。我忍不住盯着它看。在我想象中,它变得大而沉,然后脱落掉入一碗想象中的热腾腾的鱼汤里,碗口变大,成了冒着泡泡的游泳池,人造生物浮出水面。我甩了甩头。让我们出神的事物可以如此偶然。绝对是该离开的时候了,但一个小时之后我还在那里。我既不饿也不渴,但我觉得或许该点些东西为在同一个地方停留一个多小时找个合适的理由,但似乎

---

1  美国纽约另类舞曲乐队液晶大喇叭(LCD Soundsystem )2007 年专辑《银之声》(*Sound of Silver* )中的歌曲。

没人在意这事，或许选举之后的丧失感控制了我们所有人。

日子一天天过去，覆水难收。感恩节已过，圣诞节在望，我在充满购物气氛的街道上闲逛，脚步踩着脑海中轻声重复的呢喃："别送我任何东西。别送我任何东西。"愧疚浸透了失败者身上每一个干涸的细胞：怎么会落到如此糟糕的境地？另一例失衡的社会抗议。寂静，寂静的夜晚。进攻的步枪裹进锡纸中堆在挂着金色袖珍小牛犊的人造树下，标靶就立在积雪的后院中。

冬日的死寂，仿佛连温度都完全不复存在。经过休斯敦大街，我留意到圣安东尼教堂前的耶稣降生场景[1]中不见了婴儿耶稣。圣方济各的肩膀上也没有小鸟们栖息。戴白色头饰的石膏少女们在准备空无一物的盛宴。我从未如此饥饿，如此寒冷。我艰难地走上楼梯回到自己房间时一直念叨着："我曾是七岁，很快就要七十岁。"我真的好疲惫。"我曾

---

1　圣诞期间，为了纪念耶稣的诞生，西方人会用各种方法来"重现"耶稣诞生的故事场景，用艺术物件表现耶稣降生，被称为"耶稣降生场景"（Nativity Scene）。

是七岁。"我坐在床边再次说道，身上依旧穿着大衣。

我们无声的怒火给了我们翅膀，给了我们力挽狂澜的可能，永远将我们团结在一起。我们修理手表，将机芯倒转的能力发挥到极致，譬如，一路回到十四世纪，以乔托的羊[1]为标志。文艺复兴的钟声突然敲响，哀悼的队列跟随着安放拉斐尔遗体的棺木，当凿子的最后一记敲打令耶稣的乳白色躯体显形之时，钟声再次敲响。

所有人都去往他们要去的地方，正如同我去往我想去的地方，发现自己在凡·艾克兄弟的画室中一个阴暗角落里寻找鸡蛋和亚麻籽油。在那里我看见一汪涟漪以极度逼真的方式被描绘，仿佛是为着诱发干渴的感觉。我在那位弟弟用紫貂毛的笔尖触碰神秘的羔羊[2]那血淋淋的伤口时亲眼见证了他画工的精准。为避免惊扰他，我迅速离开，继续快步走向正要开场的二十世纪，翱翔在充满生机的绿色

---

1 即乔托·迪·邦多纳（Giotto di Bondone，1266—1337），意大利画家、雕刻家与建筑师，意大利文艺复兴时代的开创者，年少时为家里放羊，并在岩石上描绘了很多羊的图案。

2 即《神秘羔羊的崇拜》。

田野之上，田野中密布着为世界大战中被屠杀的年轻人们竖立的纪念碑。这并不是虚幻的梦境而是错乱的活生生的时刻。在这些流淌的时刻中，我见证着奇妙美好的事物，直到它们让我感到疲惫，我在一条排列着旧砖头小屋的街道上空盘旋，找准那间天窗积满了灰尘的房子。舱门已打开。我脱下帽子，抖落大理石碎屑。"我很抱歉，"我说，抬头看着头顶寥落的几颗星，"时间在疾驰而没有任何兔子能跟上它的节奏。""我很抱歉。"走下扶梯时我又说了一遍，知晓自己曾置身何处。

十二月三十日。我驶过自己的七十岁生日去往一年的终结，双脚踩在彩色纸屑中。我向自己旅行过很多地方的靴子轻声说："新年快乐。"距离我上次做同样的事正好一年。距离我走进梦旅馆正好一年，在那里原本确定的事变得不定，一个招牌预言我会去往乌鲁鲁。一年前桑迪·派尔曼仍然还活着。一年前山姆仍然能用他自己的手冲咖啡，用他自己的手写作。

*The Mystic Lamb*

✦

神秘的羔羊

不带丝毫夸张

带着近乎宗教信仰式的简单行李前往一个我从未听说过的地方，靠近圣安娜市的小镇，山姆冬天时住在那里。这个小镇，他说，是个雨下不停的地方。来吧，他温和地命令道，就这样我收拾了一件防雨夹克，一件法兰绒衬衣，一些袜子，还有一本开本虽小但插图极为丰富的关于《根特祭坛画》的书。在飞机上，我试着不去考虑事情的状况，不去想任何不愉快的事。有一些气流颠簸，对我来说没有关系，不过是会造成破坏的气候状况，其中并不藏匿个人的意图。我打开小书，全神贯注地研究伟大的祭坛画，一个让我沉迷多年的爱好。

　　这套四联画是十五世纪时由佛兰德的兄弟胡伯特和扬·凡·艾克画在橡木上的。整幅祭坛画被赋予了如此温柔的说服力，被所有注视过的人敬仰，众多人相信它是通往圣灵的中转站。天使长们就如同是神性的工具，具象化了的上帝来电。圣母玛利亚接到了这个电话，被描绘在《天使报喜》的外侧画幅上，由天使长加百列来告知上帝将化身耶稣来到人世，人们只能想象这次信息传输辐射着一张恐惧与狂喜交织的炽烈的网。童贞圣母跪在变幻莫测的虚无之中，她的话是金光闪闪的镜像。不是矫饰俗丽的一页，而是佛兰德式的一页，经由无与伦比的佛兰德人的手实现。在我触碰到外镶板表面的刹那感受到了敬畏，不是宗教式的感受，而是敬畏将其实现的艺术家们，感受到了他们汹涌澎湃的灵魂和他们壮阔专注的平静。

玛利亚再次被描绘在内侧中央画幅的上方，在这个更沉静的场景中，她位于耶稣的左侧，话语连成双层光环围绕在她微微低下的头上，宣告着她是神圣天主无瑕的镜子。尽管接受着所有的赞颂，她却体现出一种饱满的质朴，这温和的本性勘当悲恸的女王。

下方是祭坛画的关键，《神秘羔羊的崇拜》，据说在它的那个时代曾令人神魂颠倒。一个神圣的神秘宗教仪式通过艺术作品变得清晰可见。趾高气扬又克制忍耐的羔羊正承受着尘世的各种苦痛，它站在祭坛上，血正从它身侧洒进圣杯中，和预言的一样。干渴不再是干渴，伤痕不复为伤痕，尽管不是以我们期望的方式实现。

合上书的时候，我想着，我们会遭遇些什么。身为美国人的我们，身为芸芸众生的我们。羔羊的眼神看来是坚韧不懈的，但有没有可能，仁爱的热血并非取之不竭，有天会停止流淌？我想象着春天的凋零，撒玛利亚的水井[1]枯竭，星星点点的不安汇聚。

我感到太阳穴一阵钝痛。我留意到我的袖子染上了污渍，因为我凝视过的调色板属于曾描绘过羔羊暗红色伤口的画家。那真的发生过吗？我不记得任何一张脸，虽然没有泪水的咸味，但我知道自己曾哭泣过。我记得自己几天前就站在那里，目瞪口呆，直到被残忍地从崇拜神圣羔羊的时代甩到现实之中。看向舷窗外西部的天空，我认为，这污渍起码和记忆一样真实。

---

1 引自《约翰福音》第四章，耶稣在撒玛利亚叙加城的雅各井旁看到一个撒玛利亚妇人打水，主动与她交谈并告诉她有一种"活水"。

——究竟什么是真实？不久前山姆曾问道。时间是真实的吗？这麻木的双手难道比梦中能画出线条能转动方向盘的双手更真实吗？谁知道什么是真实，谁知道呢？

在旧金山，我搭乘机场巴士前往圣安娜。山姆的妹妹罗克珊到机场接我，她阳光的性格提供了短暂的欢欣，因为天空里除了灰暗空无一物，而且还在下雨，正如山姆所言。我们停在一幢白色隔板盖的房子前面。我走上台阶，透过装着纱窗的门在山姆看见我之前先看见了他。他比任何时候都更像萨缪尔·贝克特，我依旧心怀着一个希望，希望我最终不会失去他独自终老。

我们在小小的厨房里工作。我睡在沙发上。我能听见持续不断的雨敲打着保护门廊的遮阳篷。我们同肯塔基，同山姆的土地与马匹们，隔着一整个世界。远离他所有的一切。我们的时间集中在他的手稿上，这注定是他最后的作品，一封写给人生的并不多愁善感的情书。每隔片刻，我们的目光就会相遇。没有伪装，没有距离，只有此刻，工作成为

统帅而我们是它的奴仆。夜晚，一切暂时搁置，大家仿佛投身于仪式一般，开心地将轮椅抬下门廊，然后前往镇上提供墨西哥热巧克力的咖啡馆。温和的细雨中，我稍稍落后几步走着，感受到旧日时光带来的眩晕感，那时我曾挽着山姆的手臂走过格林尼治村的街道。

包围着小屋的寂静令人不安。我们在夜晚散步时四下无人。我憎恶自己的焦躁。山姆也有相同感受，但他能消解。他生来就焦虑不安。当我不得不离开加利福尼亚时，依旧还在下雨。我和罗克珊上了车。我们驶离白色隔板房子，离开它爬满常青藤的篱笆和超大的洒水壶。我向她保证会保持联络，"干渴不再，伤痕不复"。当我们到达圣安娜机场的时候，我扫了一眼手机。没有来自天使们的短讯，没有电话，没有一声电话铃响。

*The Golden Cockerel*

✦

金
鸡

我们是活着的荆棘

总统就职典礼前一晚，月亮是渐亏的月牙。我试着忽视喉间的紧绷感，一种不断攀升的恐惧。我希望自己能睡到一切终结的时候，来一场瑞普·凡·温克尔[1]式的昏睡。上午我去了三十二大街上的韩国Spa馆，在他们的远红外桑拿房里坐了将近一个小时。我坐在那里，把一小堆纸巾咳得黏糊糊的，想起赫尔曼·布洛赫[2]被囚禁时在脑海中构思了《维吉尔之死》的故事框架。我想起维吉尔在那不勒斯的墓地，以及他其实并没有安葬在那里，因为他的骨灰因中世纪神秘莫测的社会环境而遗失了。我想起托马斯·潘恩的话："总有一些时刻考验

1　瑞普·凡·温克尔（Rip van Winkle），美国作家华盛顿·欧文（Washington Irving，1783—1859）创作的著名短篇小说中的角色。故事中，瑞普在一次打猎时遇到赫德森船长及其伙伴，在喝了他们的仙酒后睡了一觉。醒后下山回家，他发现时间已过了整整二十年。

2　赫尔曼·布洛赫（Hermann Broch，1886—1951），奥地利作家，著有《梦游人》《未知量》和《维吉尔之死》等作品。1938年，他曾被纳粹当作颠覆分子关入监狱，随后在朋友们发起的营救运动中获释，流亡美国。

人类的灵魂。"外面雨停了但大风依旧刮着。真理依旧将会是真理。这是猴年的最后一天，金鸡正在打鸣，因为那个令人无法忍受的黄头发骗子已宣誓就任，就对着一本《圣经》，而摩西、耶稣、佛祖和穆罕默德似乎全都到了别处。

第二天晚上锣鼓喧天，巨龙喷着纸做的火焰像巨大的伸缩玩具在唐人街的街道上翻滚。这天是一月二十八号。代表新一年的公鸡到了，这鼓着毛茸茸的胸膛，羽毛和太阳一个颜色的可怕生物。太迟了太迟了太迟了，它啼叫着。猴年结束了，而曾在舞台边等待的大公鸡，堂而皇之登场。我没有参加农历新年庆祝游行，但在门廊上观看了烟花表演。我碰巧从旁注视过东西海岸的两场庆典，猴年的开场与终结，却都没有参与其中。或许这并不是太意外的事，不仅仅是最近才这样，即便还是孩子的时候，我也觉得很难全身心投入这样的节日，事实上十分惧怕感恩节游行那种满是彩车和军乐队的喧嚣或是化装游行那种疯狂的激情。内心深处，身处狂欢的旋涡会令我感到彻底的迷失，像《天堂的孩子》[1]结尾时，巴蒂斯特在嘉年华的疯狂之中被不情愿地推上了花车的王座。

无论如何，几天后我发现自己来到了唐人街，在一家信得过的药房里向一位年长的中国草药师问诊，他曾为我制作过很有疗效的茶。身体是一个反应中枢，他告诉我，通过我的症状和全身乏力表现出来。这些痛苦都是对外界刺激、化学物质、气候、膳食做出的反应。一切都关乎平衡，身体系统只是在重新调整。无论是红疹还是咳嗽，最终一切症状都会消失。人们要保持平静，不要任凭那些反应耗费太多能量。他给了我三包茶。一包金黄色，一包红色，一包是鼠尾草色。把茶放进口袋，我再次走进寒冷之中，留意到那些庆祝的标志几乎都已不见，还剩几个纸灯笼，一些彩色纸片，折断的杆子上一只被遗弃的塑料猴子。

我走到莫特街尽头，走下和合餐室的台阶和莱尼碰头一起喝粥。七十年代的时候，一碗鸭肉粥售

---

1　指 1945 年出品的经典法国电影《天堂的孩子》（*Les enfants du paradis*），本片也是导演马塞尔·卡尔内（Marcel Carné）的事业巅峰，被誉为战前诗意现实巨作。

价九十美分。和合一直营业，热热闹闹，直到早上四点都有粥卖。过去我们所有人会一起到这里吃饭，常常是新年之后的凌晨时分，我们之中很多人已分道扬镳，很多人已不在人世。莱尼和我怀着无言的感恩吃着粥，喝着乌龙茶，依旧还活着。生日还差三天，年届七十并满头白发，向着宿命鞠躬。我们没有谈及总统就职，但当焦虑的心与焦虑的心相逢，它的沉重就在空气中无处不在。

那天晚上我喝了金色的茶之后没有在睡梦中咳嗽。我梦见迁徙的人排着长长的队列从地球一端走向另一端，远远离开曾是家园的废墟。他们走过沙漠和荒芜的平原，艰难跋涉在布满巨大海带的沼泽，这些不可食用的海带比波斯的天空还要刺眼，缠绕在他们的脚踝上。他们行走的时候把横幅拖在身后，他们穿着哀悼的服装，寻找着同类的援手和从未获得过的庇护。他们走过的地方物资被封锁在宏大的建筑体内，巨大的岩石包围着被茂密的当地植被遮挡的现代小屋。里面的空气很干燥，而所有的门窗和水井都被巧妙地封住，仿佛预料到他们会来。我梦见他们遭遇的所有艰难在全球的荧幕、个人平板电脑和双向智能手表上播放，成为一种广受欢迎的真人秀娱乐节目。所有人不动声色地看着他们走过无情的土地，希望的鲜血流尽转为绝望。但所有人都因为艺术的繁盛而发出饱含情绪的叹息。音乐家们在消沉中奋起，创作出令人迷醉的受难交响乐。雕塑们如同是从被遮蔽的土地上拔地而起。健壮的舞者为刻画流亡者的苦难，像被流亡的虚无感征服了那样冲过广阔的舞台。所有人观看着，沉迷着，仿佛这个仰仗自身愚蠢而存在的世界不停旋转起来。我梦见一只猴子跳到它上面，跳到这只困惑组成的镜面玻璃球上，突然跳起舞来。在我梦中，大雨滂沱，仿佛为着一场心碎的报复，我不顾天气没穿雨衣就出了门，一路走到时代广场。人们聚集在一块庞大的屏幕前观看就职典礼，一个男孩，正是曾提醒众人皇帝没有穿衣服的那个男孩，大喊道："看，他又回来了，你们又让他出来了！"庆典之后是连续剧的最新剧集，再现了审判流亡者的场景。镶着金线的木船被遗弃在水洼中。镶金的祥鸟降落，尖叫着舞动它骇人的双翅。舞者们因极度痛苦而翻滚，他们的脚被怜悯的尖刺扎伤。在旁观看的人们义愤填膺地紧握双拳，但这对于跋涉过整个世界的人来说不算什么，环绕地球走完一周的人们，在飞沙中追寻过只字片语。如果你一定要描绘我们，那我们就是生长的荆棘，刺透过并刺透着。然后我醒来，覆水难收。列队的人行进着，他们说话的声音回响在空中如同一群肆虐的昆虫。人无法染指真理，无法添加或减少，因为在人世间没有谁可媲美真理的牧羊人，而天堂中没有任何事能接近尘世中真实的苦痛。

月
球
一
夜

他说：我曾试着打电话给你

这是一间三流的咖啡吧。也就是说它有一种不起眼的平庸，能同时遮掩或暴露任何可疑的行径。在它苍白的墙壁下无处可藏，但从另一个角度来说，很少有人能找到它，人行道旁，不被留意的陋巷中一个不起眼的公共场所，命运多舛的人们，赌注登记人和眼线密探，或许只有黑警才能辨认出的一个时代最后的残余。

我在进门时打量着屋内的布置。一样凌乱的桌子，黄色污渍的油毡布地板，几个卡座。我曾来过这里，大约二十年前，那时候它家卖最好的火腿蛋，用的是真正的弗吉尼亚火腿。台球桌已经不见，除此之外是同样的阴暗环境，毫无装饰，除非你想把山景年历算作装饰。在这地方少管闲事是最无关紧要的信仰。

最靠近门口的人躬着背，死死盯住自己杯子里面，仿佛要破解从残渣中闪现出来的黑暗预言。他旁边是一只堆满烟蒂的烟灰缸，完美的静物肖像画。

后面的两个人正低声交谈，凑得近到他们的脑袋伸过桌面碰在了一起。

我站在吧台边，等着有人招呼我。镀金的木相框内是斗牛士马诺来特褪色的照片，四角粘着丝绸做的玫瑰花蕾。我想喝咖啡，但强制消费酒水。我灌下一小杯伏特加，想知道自己为何与这群愁眉苦脸的人相处融洽。或许像一个流浪者，并不富有但也不沮丧，或许是某个错过了船期或至少错过了某个绝佳机遇的人。


——这是哪种伏特加？

——是谁想知道？

——是这样，它掺了水，但它是绝好的伏特加。

酒保佯装受了打击。

——卡夫曼牌。俄国货。

——卡夫曼牌，我重复道，接着把它写进我放在裤子后面口袋里的小笔记本。

——是的，但你在这里买不到。

——但它就在这里，我说。

——是呀，但你在这里买不到。

我只能叹气。这都是梦吗？一切是场梦吗？从梦旅馆开始直到后来所有猴子引发的恶作剧。我正处于这场循环往复的反思中，这时我感觉到自己不是独自一人。迅速将酒吧扫视一遍，我发现了他。进门时我没有留意到他，但他确实在那里，坐在半明半暗的角落中那张咖啡桌旁，从钱包中往外掏着折好的纸片。我已经很久没有想起他，自从他把我遗弃在空旷得近似《圣经》般壮丽的风景中后不再经常想起。我坚决地想要和他对视，但他的目光穿透了我。"我们相遇在 WOW 咖啡馆，"我在心里说，"好吧，事实上我们从未遇见过。我只是坐在桌边，闯进了一场交谈，关于《2666》的交谈，提及过圣彼得堡斗狗的交谈。"欧内斯特没有做出任何举动表明他收到了这条讯息，于是我走过去坐下。他开始说话，关于《现代启示录》的开场画面，仿佛从中途继续之前的对话。

——马丁·辛喝到神志不清，纯粹的勇敢之举，胶片记录过的最勇敢的事，他们竟达成了，令人费解。破碎的镜子和所有那些血。不是电影式的血。是马丁·辛的血。

接着他站起身来，朝厕所走去。我走到吧台边又点了杯酒。我不是很能喝，但我想着兑水的伏特加，上好的伏特加，不会有什么坏处，就算是这黄昏将尽的时刻也没关系。我朝欧内斯特坐过的地方示意。

——你知道他喝了什么吗？

——是谁想知道？他问。但他把一瓶模糊不清的龙舌兰酒摆到我面前。我让他过几分钟之后，把酒瓶带过去请欧内斯特免费喝一杯。我放下几张钞票，这时一个戴假发的女人拿着一些干洗的衣服走了进来。她穿过吧台后面的门。那两个脑袋只隔着几英寸的男人没有动。事实上，没有人动，没有人对她的出现做出反应，或是对我做出反应。两个闯进三流男人世界的女人。

我回到欧内斯特的桌子旁。我们在紧张的沉默中坐了片刻。

——不知道约瑟夫·康拉德会不会喜欢《现代启示录》，我说，几乎完全是为了打破僵局。

——那是个传言，他说，毫无事实根据。

——关于什么的事实？

——说它只是《黑暗之心》的模仿之作。

——哦，是啊，这完全不是事实，但确实受过启发。甚至科波拉也这么说。一半的美感来自科波拉如何将一部经典转换成一部现代电影。

——一部二十世纪的经典，已不再现代了。

他突然朝我俯过身来。

——谁有最黑暗的心？白兰度还是辛？

——辛。我毫不迟疑地说。

——为什么？

——他依旧想要活下去。

酒保拿着酒瓶过来并把小玻璃酒杯放在欧内斯特面前。自己倒一杯，免费。他说。欧内斯特倒了满满一杯。他们给这些玩意掺水，他告诉我说，极为迅速地喝完了它。

——一切来自心。烂醉的心。你喝醉过吗？真正的喝醉？我是说醉上好几天，沉溺于眷恋已崩塌的一切。深陷荒诞的旋涡。

他说了这些话，给自己又倒了一杯龙舌兰酒。

我意识到自己从未见过他喝咖啡之外的东西。当然，我对他知之甚少。比如说，不知道他的姓。但有时候事情就是如此。你了解一个并不完美的陌生人超过任何其他人。不知道姓什么，不知道出生年月，不知道故乡何处。只是他的双眼。奇怪的抽搐。关于思想状态的细微迹象。

——他会砌起那该死的墙，他说道，而钱将来自穷人的口袋。事情正以我们做梦都想不到的速度变化。我们将会谈论核战争。杀虫剂将会是食物的一部分。没有歌唱的鸟，没有野地的花。什么都没有，除了倒塌的蜂巢和排着队准备登船去月球上过夜的富人们。


然后他沉默了。我们都沉默了。欧内斯特看起来很疲惫，生活的破坏力似乎比一年前更明显。我能感觉到这苦涩的悲伤仿佛已渗透至月球。它像令人窒息的毒气般升腾，寥落的几个守护者抬头仰望，好像听到了孩童的哭声。

我来这里是为了丹吉尔岛，他嘟哝道。

我坐直身体，在笔记本里写下"丹吉尔岛"，然后把笔记本放进裤子后面的口袋。欧内斯特微微点了点头，但没有做出任何希望我留下的表示。我留意到地上有枚一美分硬币，弯腰将它捡起来。当我走出去的时候，我感觉如果我重新走回去，即便只是片刻之后，一切都将变得不同。突然变成特艺彩色电影风格，新的酒保当值，她戴着假发，妆容精致，穿干洗过的裙子。

我走出去坐在附近的长椅上。我不知道欧内斯特在弗吉尼亚海滩上做着什么。我对他些微的了解与某种使命相关。但话又说回来，他或许也在同样揣度我的情况。我来这里是因为冲动，纯粹出于怀旧。搭巴士到里士满来只为看看詹姆斯河，[1] 我和哥哥托德曾并肩站在河边谈论埃德加·爱伦·坡和罗伯托·克莱门特，他最爱的棒球手。托德长得像保罗·纽曼。一样的冰蓝色眼睛。同样谦逊的自信。你可以仰仗他做任何事。一切事，除了活着。

几个流浪汉，一个遛狗的男人，一个年老的

---

1　里士满为弗吉尼亚州首府，詹姆斯河为弗吉尼亚州最长的河流。

中国女人穿着厚袜子和笨重的凉鞋，她的孙子抱着一个超大的红色皮球。球的红色仿佛曝光过度了，泛着银白色的血红大球。孩子穿着薄外套但看起来并不冷，水面上的风更为猛烈，风势到河岸上就减弱了。

我不知道自己是不是在等待欧内斯特的出现，尽管出于任何可能他都已经离去。他看起来疲惫不堪。不再有 WOW 咖啡馆相遇时躁动的生机。有些什么消退了，有些什么驱使他来到这里。或许还有其他的密谋，和丹吉尔岛有关。我看见他摇摇晃晃地离开咖啡吧。当他朝人行道走去时我很想尾随他，但这么做似乎过于戏剧化。我注视了他几分钟，接着，被一只盘旋的海鸥吸引了注意力，错过了他拐弯的时间和地点。错失良机。我考虑在附近找一个房间住。我有很多现金，信用卡，笔记本还有一把牙刷。不远处，一个骑自行车的孩子朝我的长椅靠近，然后下了车。

——打扰了，他说，一个叫欧内斯特的人让我把这个给你。他递给我一个棕色的午餐纸袋。

我抬起头来微笑。他现在在哪里？我问。

——我不知道，他只是让我把这个给你。

——谢谢，我说，从口袋里搜出一美元来。

　　我有几个问题想问但他跳上自行车继续向前。我看着他越变越小，消失在地平线上，就像麦哲伦的一艘船。叹着气，我打开纸袋掏出一本破旧的平装书。《文学评论家》[1]的英语译本，入魔般写满了西班牙语注解。我匆匆翻着书页找到关于水的梦境那部分。海报人物般的金发女郎，我们很多人心目中的丽兹·诺顿[2]，曾在提及这部分时形容它为空间感的突破。阅读它让我对一座城市感到焦虑不安。一座不可饶恕的城市。低层建筑群。1949年的墨西哥城。1980年的迈阿密。潜伏的记忆的手指在灌木丛中沙沙作响，就像《杯弓蛇影》中钢琴家被砍断的手爬向彼得·洛的喉咙。我哥哥托德最喜欢的

---

1　罗贝托·波拉尼奥的小说《2666》分为五个部分，第一部分为"文学评论家"，此处指的是单行本装本。

2　丽兹·诺顿是《文学评论家》里几个主要角色中唯一的女性，有一头金发。

电影之一，这些念头令人想起书中没有写的场景，其他关于生命的画面。托德在阳光下微笑着，脚下是他将为妻女建造房屋的土地。托德在台球桌前俯身，嘴里叼着香烟。开着卡车穿越宾夕法尼亚，车内没有暖气，我们跟着广播里的老歌一起唱时，嘴边的水汽凝成小小的白色云朵。《我的英雄》（"My Hero"）、《蝴蝶》（"Butterfly"），还有《我把心出卖给拾荒人》（"I Sold My Heart to the Junkman"）。不是现在，我说，摇头挥开这些念头，再次翻开书从开头读起。文学评论家们似乎比经过的人们更真实，突然之间海不再是海，而是词汇的舞台，一系列最伟大的句子在二十一世纪串联到一起。

当我抬头的时候时间已飞逝而去，如同搭乘着它自己的小飞机。欧内斯特就站在几英尺之外，他看来已经完全清醒，一点都没有醉意。我向他走去，感到些许释然但并不愿和他回到循环往复的讨论中。

——我只是个作家，我疲惫地说，别无其他。
——我只是个相信真理的墨西哥人。

我凝视他。他有些扭捏，随即大笑起来。

——好吧。我的父亲是俄国人，但他活的时间不长。

——你的父亲叫欧内斯特吗？

——不是，但他曾叫过这名字。

我微笑的同时感到忧郁在漫溢。一个皮夹闪过，一只手从中掏出一张照片，照片上是穿深色花裙子的女人和穿短裤的男孩，他的头发梳得服服帖帖。欧内斯特的目光表明他知道我看见了什么。

——为什么是丹吉尔岛？我终于还是问了。

——自从它被"欧内斯特"飓风袭击后，这个岛正在沉入海底。我必须要致歉。

我留意到云在聚拢来。要下雨了，我想。

——你瞧，有句话用古英语刻在美国最古老建筑的某块木板上。"这是丹吉尔岛。它消失的时候，我们也将不见。"

——你真的看过它吗？我问。

——这种东西你是看不到的。你感知到它们，如同所有重要的事物。它们到来，走进你的梦境。比如，他狡黠地说，你现在就在做梦。

我环视四周，我们站在同一家三流咖啡馆门前。

——瞧，他说话的声音奇怪地令人想起别的嗓音。

——你是梦旅馆的招牌，我脱口而出。

——是梦旅店，他说，随即消失不见。

某种后记

先是穆罕默德·阿里去世，接着是桑迪、卡斯特罗、公主莱娅和她的母亲。发生了很多粗暴野蛮的事，引发着更为可怕的事，然后一个未来来了又走，我们就在这里，依旧观看着同一部真人电影，被剥夺一切的人排着长长的队在巨幕上无止境地实时播放。令人心灰意冷的不公构成了生活的新面目。猴年。最后一只白犀牛死去。波多黎各的自然灾害。校园枪杀案。蔑视移民的言论和行为。孤立无援的加沙地带。在我触手可及的地方，生活又是怎样？那个用他带文身的手将整个世界的微缩模型握在掌心的坚韧的作家[1]又过得如何？他会遭遇些什么？奔波来回于肯塔基州的路上，我曾问过自己。在我最初写下这些句子的时候，我还并不知道，人可以快速前行或者后退，但时间有它的节奏，一直前行，

---

1　指作家、剧作家山姆·谢泼德，他于 2017 年 7 月去世。帕蒂·史密斯参与编辑的长篇小说《局内人》出版于 2017 年 2 月。

嘀嗒而去，人无法改变新发生的事，也无法及时妥善应对。我和山姆，我们以前会对这种脱序付之一笑：你在时间中写作，然后时间逝去，试图追赶的时候你写的就是另一本全然不同的书，就像波洛克与一幅画失去了感应就开始画另一幅，接着同时失去与两幅画的关联后在暴怒中踢碎了玻璃墙。我可以告诉你的是，我最后一次看见山姆时他的手稿已全部完成。它就像一块小小的纪念碑放在厨房桌子上，容纳着无法被禁锢的事物，是一束无法被熄灭的光亮。为什么是鸟？山姆写道。为什么是鸟？他的妹妹唱着应和。它们的歌声从一只半埋在沙里的音箱中传来。为什么是鸟？老人大声疾呼。它们舞动翅膀，组合又打破队列，最终消失不见。一个作家会遭遇些什么？此刻答案被安放在一篇原本并不打算作为后记的后记中，因为人能做的事不过是当赫耳墨斯跨着敏捷的脚步在我们前面飞奔时，我们要努力跟上。我们如何才能不必陈述事实，而将这些道理讲明？山姆·谢泼德不会真的去爬玛雅金字塔或是走下圣山拱形的山坡。相比这些，他更会娴熟地溜进漫长的睡梦之中，像亡灵的城市中往成堆涌向天堂的尸骸上铺蜡纸的孩子。每个孩子都知道，垫着蜡纸就能更快地滑下山去抵达终点。我知道的是，山姆死了，我哥哥死了，我母亲死了，我父亲死了，我丈夫死了，我的猫死了，我的狗死于1957年，现在也没有活过来。然而我依旧想着某些美好的事将要发生。或许就在明天。一个明天后面跟随着无数个明日。但要回到此时此刻，这个此时早已逝去的片刻，我独自在弗吉尼亚的海边，拿着纸袋突然被独自留下。棕色纸袋中装着一本破旧的《文学评论家》。我站在那里试图参透欧内斯特那句古语中荒谬的真理。你，振作一点，我对着镜子说，镜子是从一只粉饼盒里掉出来的，金色涂层已开始脱落，它很会施展魔法。拜托，我对着一只眼睛说，接着又对另一只斜视的眼睛说，集中焦点！你必须对事态有全局的把握。镜子从我手中滑落，当它摔在地上时我听见桑迪在说，"爱的碎片，帕蒂，爱的碎片"。然后我朝另一个方向走去，走向延伸得更远的栈道。没有人知道将发生些什么，我想着，没有人真的知道。但话说回来，如果人能从望远镜中看到未来又会如何？如果那里，就在栈道上，有一个取景器可以将目光投射过整个 2017 年直到接下来的狗年呢？会看到怎样的事？会看到从头至尾时不时出现的金羊毛交织着怎样的壮丽与可怕？几道计数的刻痕，几百万道刻痕。作家的死一位朋友容颜的改变基督带斑点的眼睛吞噬加州的大火银蛋体育馆的拆除人们像由数个世纪的轻率雕刻而成的棋子一样倒下敬畏神灵的人被屠杀以及枪支和枪支和枪支还是枪支。一个冬日的午后，就在那里，在地图上那个三种信仰曾如货币般流通于市井的地方，在大卫王曾征战的地方，在耶稣曾走过的地方，在穆罕默德曾称王登基的地方。带着羞愧目睹朝圣者被驱赶，士兵们严阵以待，谁知道第一块石头会在何时被投掷。中立的圣城在重创之下成为资本主义的堡垒。橄榄树会枯萎吗？群山会震颤吗？未来的孩子是否永远体会不到兄弟情谊的可贵？我不停走着，栈道仿佛无始无终。我知道在栈道的某处，就在空地上，会立着一架黄铜望远镜而我决意要找到它，确切来说那不是一架望远镜而是通往遥远他处的工具。你放二十五美分进去就能看到无法抵达的岛屿们，曾只有野马群居住的岛屿——比方说坎伯兰岛甚至是丹吉尔岛。我的口袋被硬币塞得鼓鼓囊囊，于是我安营扎寨全神贯注地看起来，先是观察一艘货轮，然后是一颗星，接着回望整个地球。事实上我能看见世界这个球体。我在太空中看到了一切，仿佛科学之神让我透过他的望远镜窥探。能看见缓缓转动的地球逐渐清晰起来。我能看见每一条血脉都是一条河流。我能看见被污染的空气飘移，能看见海洋冰冷而深邃，能看见昆士兰壮观的浅色珊瑚礁和钙化魔鬼鱼们正在下沉，没有生命的有机体漂浮，野生的小马驹们跑过佐治亚海岸沿线上那些岛屿泛滥的沼泽，北达科他州的马匹屠宰场中牝马们的尸骸，棕黄色的鹿惊鸿一瞥，密歇根湖那些拥有神圣印第安名字的硕大沙丘。我看见中央并不固定，就像欧内斯特形容过的那样，是一座形状像橘子肚脐的小岛正努力喘息，我看见一只巨大的海龟和一只活泼的狐狸还有在茂盛的草丛中生锈的毛瑟枪。有年老的男人们在攀爬岩石或者合着双手躺在阳光下。有小男孩们在踩踏野花。我还看见了古老的时光。钟声敲响，花环抛掷，女人们转着圈，蜜蜂舞蹈着它们的生命循环，有猛烈的风和饱满的月亮，攀登金字塔，郊狼哭号，海浪高涨，它的气息闻起来像是自由的终结和开始。我看见了我逝去的朋友们和我的丈夫与哥哥。我看见那些有担当的真正的父辈们走下远处的高山，我看见母亲和她失去的孩子再次重聚。我看见我自己和山姆在他肯塔基的厨房里，我们在谈论写作。"最终，"他在说，"一切都是为一个故事准备的素材，我猜，这意味着，我们都是素材。"我坐在一张直背木椅子上。他站着俯视我一如往常。广播里正在播《爸爸是滚石》（"Papa Was a Rolling Stone"），那种棕色粗花呢式的、四十年代的风格。当他伸手拂开我眼睛上的头发时，我想着，做梦的烦恼在于我们最终将会醒来。

# 后记的后记

我恳求你们所有人。以理智应对恐惧，
以耐心应对恐慌，以学识应对不确定。

——阿卜杜·沙卡维 [1]

---

1 阿卜杜·沙卡维（Abdu Sharkawy），医生、传染病专家，这段话来
自疫情期间，他于脸书（Facebook）发布的动态。

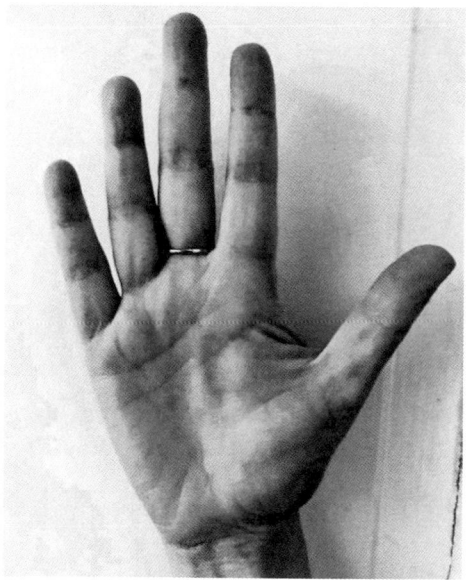

它在我们手中

猴年早已成为过去，我们已进入一个新的十年，目前为止它正因不断增长的问题和体制性的作呕恶心而疲于奔命，这恶心未必是疾病或运动引发的。更像是一种我们必须用尽一切方法摆脱的意识层面的厌恶。尽管向着满怀希望的消息张开了怀抱，但新一年起始之际，我们个人和全球的顾虑因为深层判断力的缺失而蒙上了阴影。

　　迎来 2020 年的时候，我们体制的道德中心正以日益不道德的方式重新构建，把持道德中心的人自称坚守基督教价值却践踏着基督教的核心价值：我们应当彼此相爱。他们的视线从受苦受难的人身上移开，甘愿转向一个对人类境况的衰退缺乏真正感知力的人。我曾盼望过新的十年会有一个更光明的前景，曾想象着庆典的大幕开启，就像基督教节日时伟大的圣坛画张开双翼，展现一个带着完美愿景的 2020 年。这些期待或许天真，却曾被真切感受过，正如同不公带来的苦痛感，是不会消散的黑暗印记。

光明在何方？审慎的道义在何处？我们追问着，带着铁犁坚守我们的土地，承受着要在动荡摇摆的时代保持镇定的重担。

它是全金属老鼠

# 鼠年画幅

在生肖的规则中有个说法，猴子需要老鼠。我不确定是以何种方式，但有人说猴子情绪低落的时候，老鼠能让它们开心起来，因此猴与鼠在一起时气氛总是充满了欢乐。当然，我们说的不仅仅是这两个物种，还说的是这两个生肖年份出生的人具备的性格品质。无论如何，此刻，我们正进入农历金鼠年，我们的大城市正热烈庆祝，尤其是那些有宏伟中国城的城市，准备了规模宏大的烟花秀、庄严的舞狮表演，彩色纸屑和五颜六色的金属丝在空中飘荡。庆典还会有二月十日的巡游，当雪白的满月升起，巡游有花车、龙和代表年份的大幅画像。为达成抽象的统一，我从一箱旧唱片中挖出了弗兰克·扎帕的《热辣老鼠》(Hot Rats)。封面上正从废弃的泳池里爬上来的女孩是克里斯汀小姐，纤弱的维多利亚式美女，"女孩们一起肆无忌惮"乐队（Girls Together Outrageously）的成员，人们把乐队简称为 GTO。

《热辣老鼠》在 1969 年末发行。那时候，我正和罗伯特·梅普尔索普一起住在切尔西酒店，我们经常在酒店大堂和她聊天。她是一种超凡脱俗的存在，浓密的头发比我的还狂野，皮肤像毛茸茸的桃子。1970 年的什么时候，克莉丝汀小姐请求我加入她颠覆性的乐队，尽管并不是合适我的工作，但我受宠若惊。当她挥动她那纤细的手时，我感觉自己面前是一只娇柔的猛禽。那是半个多世纪以前的事了，令人费解的是，我依旧能描绘出她的样子，天真的大眼睛，轻柔的语调，歪着脑袋，美艳绝伦的海盗女儿，谁都看不出来她已经二十三岁。获得扎帕年轻的女门徒首肯后，我将唱片从封套中拿了出来细细观看，发现它表面覆盖着细小的抓痕，就像一群不停转圈的老鼠留下的爪印。

唱机旋转着径直走向时间深处。我将唱片封套放在书桌上，暂时遮盖住了坦尼尔画的爱丽丝与渡渡鸟交谈。旁边摆放着的是一位亲密的朋友赠送的生日礼物，一只站得笔直的镀金水晶老鼠，我将它命名为莱迪[1]。他将作为我的生肖护身符，在我的书房里运筹帷幄。事情的原理是：我们要带着毫无保留的乐观主义精神仰仗这只正站起身来的金鼠，因为每个新年都会带来它所属的生肖，带来专属于它的守护力和独特个性，它们组成一个完整的信念，一切很快将会好转。

---

1 莱迪（Ratty），原文既有像老鼠一样的意思，也有暴躁的意思。

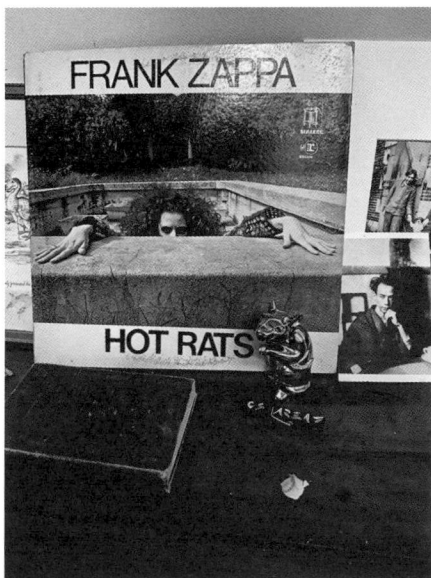

克莉丝汀小姐现身，安迪·艾尔 摄

# 节庆画幅

一切很快将会好转。这是我几天前参与全世界大庆贺时写下的句子，气氛已然饱含迎新的激昂。金鼠位列中国十二生肖之首，这绝对是万象更新的好时机。然而令人遗憾的是，金鼠年的开场遭遇了未能预料的波折，病毒在全球蔓延。当中国处于隔离的边缘，我想知道我们自己的街道境况如何，于是和莱尼·凯伊去了中国城，盼望着能瞧上一眼迎新庆典的余韵，那些传统的金光闪闪的事物，或许装饰着金红色彩带的柱子上还会有彩色老鼠，更不用提那萦绕的欢乐感。这些是我们孩童般的期许。来到车流汹涌的街道，我们怀疑会找不到停车位，但出人意料的是车位很多。我们坐在丝绸之路咖啡馆，喝了一壶黑米茶，然后漫步寻找庆贺的痕迹。

尽管夜色尚早，街道却冷清得令人生疑，只有几个行人。除了我们最喜欢的和合餐室，所有的餐厅看来都门庭冷落，我们很难找到任何首轮节日庆典的痕迹。我猜想我们只是错过了第一场派对又还没等来下一场。

在莫特街尽头，还留着些乱糟糟的金属丝装饰和一小堆五彩纸片。那些易燃的金色纸龙去了哪里？它们拖着烟雾的尾巴，燃烧时会迸射出一簇簇心愿的火花，当光线照射的角度足够精准，这愿望一定就能成真。在中国，事态对那些准备欢度一年最盛大派对的人们来说并不乐观。当致命的新冠病毒开始隐匿地传播，北京通过一项雷厉风行的指令，取消了所有的大规模活动和庙会。可怜的报喜金鼠，和几百万人一起开始了隔离。随着疾病从武汉向临近城市传播，对病毒的恐慌也不断增长，引发旅行禁令与边境关闭。我们停车位旁的下水道里，蜷缩着一只防护口罩。为防止接触传染，很多人戴着这种口罩。有些人戴了两只，一层叠一层。"我自己画了只老鼠。"一位情绪激昂的市民大声说，"我们虽然被剥夺了农历新年聚会的权利，但我晚上会点着烟花棒独自庆祝。"尽管法令禁止节日庆典，人们找到新方式来表达欢乐的传统。用勃鲁盖尔式的激情踏着脚步，他们坚守一种确定，地球不会停止转动，只要月亮还在，农历新年就将永远会降临，离去又回返。

圣尼古拉教堂

# 他自我的画幅

好吧，事情已经出了岔子，面对金鼠年相关的坏消息，人们又该如何前行并继续庆祝？沉思着走过受困的都市街道是一个充满矛盾的过程。城区最狭小的街道上也到处是建筑工地，一场持续无休的重建在进行着，社区花园被挖掘开，为现代化的附楼做准备，随处可见废弃物和垃圾箱。所有这些破坏都将老鼠们驱赶出它们地下的家园。事实上，尽管很隐蔽，老鼠们一直都存在，但由于近期所有我们珍爱的社区都在进行无情的拆建，我们确实需要花衣魔笛手了。夜晚散步时，经过满是脚手架的街道，能看见它们成群在夜色中出没，将垃圾袋撕成碎片，在我们经过的道路上啃食我们过剩的垃圾残余，将它们不那么好斗的兄弟姐妹们招惹过来。这种对老鼠的担忧让我开始研究威廉·巴勒斯的《终结者！》[1]，

---

1  威廉·巴勒斯（William S. Burroughs，1914—1997）于 1973 年出版的短篇小说集《终结者！》（*Exterminator!*），书中的同名短篇是关于一个昆虫灭绝者的故事。

但我很快意识到主角追杀的不是老鼠而是卡夫卡式的巨型昆虫。

同天晚上我梦见威廉从破旧的天鹅绒帷幕后现身，专注地对我说："研究一下登顿的事。"我对他在说什么毫无头绪但还是点头答应，然后走出梦境去吃早餐。有些谜题等待解开，有谜题自我消解。尽管梦境可能诡计多端，充斥着引人入胜的障眼法，看似通途却未必如此，但有些情况下，妙语警句会在我们睡梦中送达。

在思绪的迷宫中徘徊着，我留意到日历上写着二月五号。威廉的生日。我决定读点他的作品，翻出一本题字签名版的《酷儿》。我到附近的咖啡馆，点杯咖啡，重读引言，一篇动人的自白之作。当读到威廉坦白是意外枪杀妻子琼让他成为作家时，我暂停了片刻。阅读它引发了杀伤力太强的回忆，我突然感觉到分离的剧烈痛楚，想念他支撑过我的温暖，即便是隔着如此遥远的距离。

威廉突然调转笔锋，谈起他创作小说《死路之所》时感觉和作家登顿·韦尔奇有精神上的交集。这让我当即停了下来。他曾说，研究一下登顿的事。

我马上搜索确认韦尔奇是否真实存在，他确实存在，一位出生在上海的英国小说家，1948 年去世时年仅三十三岁，那天恰好是我两岁生日。我有种感觉，威廉不仅仅是要在梦境之中给我一份阅读清单。肯定还有其他。威廉曾在写作时和登顿心意相通，并将登顿的能量以只有他知道的方式注入到自己的作品中。我们讨论过很多次这样的感应，还有我们每日穿行却并不明言的无常之境。我愿意相信这是威廉在提醒我，我们从不孤单。就像登顿曾陪伴过威廉，某个地方某个人正陪伴着我，激励我走向伪装成上千束谐波电流的契机之网。"它就在你眼皮底下，"他用他低沉沙哑的嗓音说，"换枪膛。"

"好的，威廉。"我轻声说，想象有件金属背心，薄如蝉翼，提供些许道德的防护。毕竟这是鼠年，一个狡猾的幸存者，当我们谨慎地预测来年的际遇时，我们应竭尽所能地学习老鼠不屈不挠的精神，保持创造的热忱，拿出面对敌手的勇气，并且怀着会让事情回归正轨的决心。

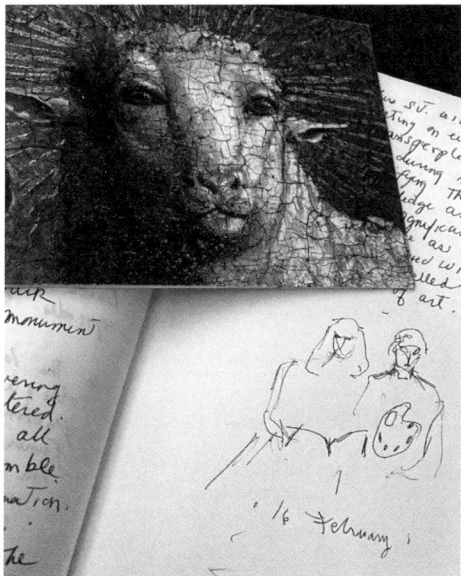

他人类般的面容

## 涂着清漆的全球出口画幅

又一次，我在破晓前醒来，或许是感应到了渐盈的雪月[1]。但没有雪，只有无尽的雨，而且严格说来是晚上，却没有黑夜。天色浑浊昏暗，仿佛月亮掉落了，将它乳白色的表面压在天窗四块落满灰尘的窗玻璃上。我感到一阵压抑的伤感，起床，套上外套，走到街角。老鼠们四散逃窜，远处警报声呜咽，只有一辆车经过。二月的气温起伏不定，就像《爱丽丝梦游仙境》那个棋盘世界中孪生皇后的脾气。不合时令的暖雨令昆虫和鸟类无所适从。这个时间没有咖啡馆营业。我回到家中，带着几分忧虑。雨砸在天窗上。四月的阵雨下在二月时分。月亮已经圆了却无法看见，被熔进夜晚的浓云之中。猫在大叫。尽管才早上五点，她想要食物。我回去睡觉，想着为什么一千多只麻雀会从四周的树上飞下来，

---

[1] 欧美洲传统中，月亮与季节相关，有各种名称，二月的满月最普及的名字为雪月（snow moon），因为满月时仍有积雪。

落在朋友和他的狗一同散步的那块田野。鸟聚集成群，在他们周围降落，丝毫不理会他的存在和狗不断的吠叫。半梦半醒的我飘向另一处风景，发现自己身处一片都是风车的无垠旷野。是那种看起来和线条流畅美丽、饱受非议的协和式飞机[1]有所关联的现代金属风车。我穿过淤泥和沼泽走近风车，最终得以触摸其中一座的底部，它让我感觉巨大的慰藉，很像我在乌鲁鲁时将手按在艾尔斯岩红色的表面。然而我一直记挂着必须要去什么地方，我已经迟到，不得不继续前行。

《星期日泰晤士报》上有篇关于展览的文章：《扬·凡·艾克：一场视觉革命》。展览以他存世的少数作品为中心，其中包括重要的《根特祭坛画》，还有中世纪后期近百幅与之相关的杰作。很快，就能在圣巴夫教堂见到新近修复过的《神秘羔羊的崇拜》这幅位于祭坛中央的祭坛画的真迹。我屏住了呼吸，W. H. 詹姆斯·维伊尔那本大部头的《凡·艾

---

1　协和式飞机（Concord），一种由法国宇航和英国飞机公司联合研制的中程超音速客机

克兄弟：他们的人生与作品》躺在我的工作台上。它是一本彻头彻尾的侦探作品，留意到了这对难以捉摸的兄弟留在作品中的每一处微小线索。我如此频繁地想起他们，有次我发现自己进入了他们的时空，如此触手可及的距离，当我回到自己的世界时袖子上有一抹颜料痕迹。这种精神瞬移，是威廉与合作《第三思维》的布里翁·吉辛[1] 非常热衷的话题之一，我们经常思考它无尽的可能性。

突然之间，《神秘羔羊的崇拜》似乎引发了公众的注意。祭坛画修复过的全部九块画幅将在春季再次聚首。出于保护的考虑，画幅会被封闭于玻璃墙内在教堂的新区域展出。我对修复者们怀有一种带妒意的亲近感，凭借解剖刀和显微镜，他们体验到了和画家的作品亲密接触的感觉。我不知道，倘若如此沉浸于工作之中，他们会不会也发现自己穿越到了画家的工作室，得以了解创作过程，甚至近距离见证幸运的羔羊来到画室供

---

1 布里翁·吉辛（Brion Gysin, 1916—1986），画家、作家、表演艺术家。他与小说家威廉·巴勒斯一起合著的《第三思维》是一部先锋性极强的拼贴文本，他们把他们的写作称为"切碎"。

凡·艾克兄弟观察研究。

最令公众关注的是这只羊的面容，因为在去除数世纪的过度粉饰之后，修复者们揭开了它真实的面貌。想象一下，在去除最后一层胶片般的褪色清漆后一张全新的面孔，一张绝对像人类的面孔，正向你回以凝视，那是怎样的惊讶。在孤注一掷的狂喜之中，要亲眼一睹它的渴望将我占据。翻看行程，尽管有很多工作任务，但我确实有五天的空余时间，足够完成这次旅行。可惜我无法像皮卡德舰长光速抵达瓦实提星球的表面那样，瞬间抵达根特。我用所有的常旅客里程兑换了一张前往布鲁塞尔的机票，收拾了简单的行李，为猫咪安排了喂食，并预定了送我去根特的司机。就像这样，尽管某些瞬间会被不相干的战栗侵袭，我再次启程。

你能索求的一切

# 微小证物画幅

我的小行李箱在安检处被擦拭取样做随机检测。我似乎一再被随机选中，我忍住了嘲讽，保持幽默感，想必是金鼠的铠甲挽救了我。在海的另一边，当我下飞机时司机正在等待。他的英语完美无瑕，无缝衔接地描述着他从事的许多个行当，包括创立了一家专门制作软糖的小型糖果公司。

——不是小熊而是汽车，他骄傲地说，全新的玩意。尝一颗。他坚持道，递给我一包五颜六色的软糖，形状是大众甲壳虫。

——比利时是个有意思的国家，当我们快速驶向根特时，我说道，它似乎怀有很多秘密。

——然而我们没有政府，他苦笑着说，我们的民主正被弃置一边。

想到我们自己的崩塌，我陷入了沉默。我抚平自己的隐形铠甲，发誓几天之内没有任何事能让这颗旅行者的心破碎。根特的情人节。为期三天的使命之旅，要将自己沉浸在与凡·艾克相关的一切之中，希望这能消除我最近苦苦对抗的持续不断的疲惫。我们在酒店门口道别，酒店距离圣巴夫教堂——神圣羔羊的住所，不到一公里。早餐厅明亮而亲切。我喝了一杯黑咖啡，吃了白色的小香肠、梅子和褐色的面包。查阅了一张手绘的地图之后，我出发了。

过桥后，我站在大天使米迦勒的雕像前，他像武士风向标一样高高矗立着。我站立的地方正是十年前和妹妹琳达曾一起站立过的地方，她凝视着教堂的全景，被光线深深迷住，拍下了河水的照片。当我和导演吉姆·科恩合作时，她陪我一起来了根特。在工作间隙，我们赶去看祭坛画，却只在圣巴夫教堂快要关门时才进去。我记得光线已经太暗，看不清神秘的羔羊，但有几只小灯泡照亮了外侧的画板。我围着祭坛画走动，触摸厚重的橡木框。妹妹把风的时候，我在微弱的灯光下用拍立得相机拍了《天使报喜》中年轻的玛利亚。我匆匆将这张触犯禁忌的相纸塞进口袋，走出教堂时仿佛转变了身份，像一个无足轻重的罪犯却身怀显赫重要的秘密。

那次短暂的相遇中，我感受到的强烈联系并不是宗教意义上的，而是一种来自艺术家身体的感受。我感觉到他周身专注的氛围，他棱镜般的眼眸投下的锐利凝视。我发誓有一天要再来，但从未做到。取而代之的是，我沉浸于书本，沉浸于一张昏暗的拍立得照片，沉浸于记忆的国度，它们被困于牢笼，呼唤着逝去的数个世纪，偶获应答。回到根特，我没有直奔最想去的地方，而是缓慢前行，找逐步抵达的感觉。

在尼古拉教堂，真人大小的圣者们排列在通往主祭坛的通道旁。每个人都手握象征他们职责或天命的物品：一把钥匙，一本书，一件数学仪器，甚至一把金色的锯子。我坐在距离圣巴多罗买雕像几英尺远的长椅上，他挥舞着一把现代得有点奇怪的菜刀。阳光穿过高高的彩绘玻璃窗倾泻而下，我感到一阵幸福的暖流，用一上午的时间写作。

孩童在罗马时代的石块铺成的小路上奔跑，束在他们腰间的彩带随风飞扬，他们像拖着五彩长尾的风筝在飘荡。风筝人，我想着，当他们升上天空时，不顾母亲的哭喊。飘向振奋人心的迷雾，那粉色像玫瑰和少女的脸颊，他们消失在温情脉脉的夜色中，真的失去了踪影。罗兰[1]的钟声敲响，但只有哭声，无人整装上战场，因为没有武器，因为没有足够的军队可以消减瘟疫的肆虐。无人能阻挡纸牌燃烧，大教堂人满为患，许多信徒俯卧在瓷砖地面上张开双臂。所有的片段在我四周散落如雪花。这些碎片来自一场无人取胜的赌局，为节约时间，它们不断快速流逝，将我扔进一个改头换面的现在。人们在惧怕病毒的流行，对全球战争的担忧正急剧升温。一场赌局，一切不过一场赌局，即便大自然落败，她也依旧能取胜，因为总有良善的生命之泉，因为跳跃的火苗正是偏转的光线。

---

1　即中世纪传奇英雄人物圣骑士罗兰（Roland），曾为查理曼立下不朽功勋。

祈祷时，我为我们心爱的孩子还有那些永远不会相识的孩子们点燃一支蜡烛。离开教堂时，我发现有尊小雕像藏在精雕细琢的讲台后那只壁龛里。它精美地雕刻出了艺术家的手，正握着带笔尖的鹅毛，或许正要勾勒作画也可能是准备书写。我想起威廉的手，感到一种温柔的联系。

在根特，我的脚步更轻盈，笔更流畅，我旅行者的心脏敏锐地感知着全世界的许多个密室。"我是罗兰。"钟声敲响。开始下起毛毛细雨，我快步走过鹅卵石的街道回到酒店。令我深为触动的是，数世纪以来的信徒、商人和我坐在教堂里写作时脑中想象的孩子们，都曾在同样的石头上走过。下午雨势大了起来，我很困。我喝了一杯俄罗斯卡夫曼伏特加，吃了一顿轻简的晚餐，开着电视早早上床休息。《犯罪现场调查：迈阿密》配了佛兰德语，和数羊跳过迷雾中的围栏一样有令人昏昏欲睡的效果。

星期六早晨，阳光普照。我预约了星期天晚上到圣巴夫教堂参加《神秘羔羊的崇拜》的私人导览，但决定先和聚集的人群一同观看它。所有人都安静地聚集在放置祭坛画的一小块区域内。数个世纪以来变得暗淡的清漆和过度修复的笔画已经被外科手术般精湛的技艺去除，露出远处的树丛和金色的塔尖。我们留意到天使的合唱团，心怀仰慕的民众，跪着的少女们长袍上发光的褶皱，还有受洗者约翰血红色的袍子。原作的油彩颜色绽放着浓郁的春日气息，野花随意地点缀着绿色的原野。高台上站着坚韧的羔羊，象征着牺牲，他的血涌入誓约圣杯。在空中，圣灵化身鸽子向众人散播爱的光芒。

凡·艾克兄弟，并肩而坐

星期天早晨，阴郁的天气露出端倪，是横扫英国的暴风雨那残暴的尾巴。我从拉梅恩街走到圣米迦勒大桥，接着经过圣尼古拉大教堂，古老的钟楼街，还有珍稀古币商店，想象它们曾在十五世纪的游客口袋里叮当作响。右转经过电车轨道，我找到一个小公园，矗立着扬·凡·艾克与其兄胡伯特的纪念碑。头顶上，立着一架高高的吊车，仿佛建筑施工从纽约市一路跟随至此。尽管公园已经关闭，我还是能透过涡形围栏看见兄弟俩。胡伯特手里拿着书本，扬手里是一块调色板，市民们正奉上月桂花环，感谢他们创作出的杰作让这座城市的荣光大放异彩，从中世纪直到未来一路流芳。

　　风势渐起，大雨欲来。我畅游整座大教堂，研究正在进行翻修的壁龛。我想起一位用铸造金属制作面具的艺术家，我脚边有一块漩涡纹样的金属片完美符合她的需要。片刻之后，我想象着另一个世纪的木匠会使用怎样的钉子，面前就出现了一枚古老的钉子。正记起中国城的节日装饰残余，我就遇到了一丛乱蓬蓬的树，上面挂着褪色的彩带。路过一堆触碰不到的红砖时，我希望有支粉笔能在上面写字，拐角处就有这么一支粉笔在等待，旁边还有一块状如写字板的石头，正是我想象中的样子化为了现实。天色暗了下来，狂风呼啸，我怀着兴奋之情加快了脚步，我的口袋里塞满了珍宝。

之后，我不顾倾盆大雨与博物馆志趣相投的员工见了面，随心所欲地近距细细观看扬·凡·艾克的作品，见证那些将会极大影响后世作品的绝佳范例。我站在加百列的画幅前，他的翅膀是非洲无花果内里的颜色，再过去是玛利亚，她的袍裾笼罩在光芒中。我俯首为姐姐祈祷。那天是二月十六号，她的生日，我与曾激发过我们秘密冒险的画幅重逢，那是十多年前的冒险，战利品是一张对焦稍许不准的拍立得相片，我将永远视若珍宝。

碎片像雪花纷纷在我四周飘落，构成冬日的景象。一段绵延的时光赋予我如此多的神奇时刻，一截红色粉笔，一颗板栗，一片生锈的金属，一枚钉子，一块状如古老写字板的扁石块。尽管这些物品并未展示出我见到的作品有多么伟大，但它们激发了全新的满足感。我像警探一样小心翼翼地将它们放入透明塑料袋。它们是证据，提醒着无关紧要之物与贵重价值之间的关联。

# 消失的全球入口画幅

在飞机上，我观看了《2001 太空漫游》，当猿人伸手去触碰巨石时我正加速飘游。整段飞行中我几乎都在睡觉，梦见失踪的《最后的审判》画幅装在黑色的裹尸袋中浮出波罗的海。"找到它了！"一位雀跃的民众大喊。然而在一场错综复杂的庭审中，它被宣判必须封存起来，以免碎裂于未来居心叵测的尘埃之中。辩论随之而来，正要得出定论的时候却有人轻拍我的肩膀。飞机在纽瓦克机场上空盘旋时我系紧了安全带，将这些都写到一张宽大的纸巾上，当我走向海关的中途清理口袋时却无意间将它扔进了垃圾桶。

这段短暂旅程的意义在于，提醒我时空之中还存在无数时空，一个运行无阻的社会明了微小之物的价值，它们由命运赐予，将引领人们走过遍布未知障碍的旅程。站在队列中，我收到一条短讯，我的全球入境申请被拒绝了，因为我是纽约居民。当前的行政机构颁布这项惩罚性的措施，用来针对这个对需要庇护的人们怀有极少同情的国家。

这个世界想必还有美好

## "绿宝石的审判"画幅

绝望地寻找疫苗的过程中，有两千五百多只猕猴被故意感染了致命的冠状病毒，这些猕猴被当做实验用猴，好像它们是一种专为人类服务的物种。它们的病容不是那些欢快而淘气的猴子们的面孔，那些猴子曾是农历 2016 年的统帅。一群活泼的老鼠能让它们开心起来吗？有天我们或许会为它们的牺牲遭受审判，这些牺牲很难被认为是出于自愿。我试着不去想它们忧伤的眼神透过铁丝笼子向外张望的画面，它们不知道自己会遭遇什么，正如我们所有人一样。

为了扭转、逃脱或者减缓时间而在当下的时间里写作，这显然是徒劳之举，但并非绝对徒然无功。甚至在我写下这篇为后记而写的后记时，我也知晓当你读到它时为时已晚。但，一如既往，无论是否存在真正的目的地，我都必须要写作，要将真相、虚构和梦想与炽热的希望交织到一起，然后回到家中，坐在曾属于我父亲的书桌前将我写过的字句抄录下来。

山姆和我曾为那种无论能否找到出路，都被不断书写的欲望所纠缠的状态共情。让我震动的是，我曾多么幸运能与他谈论我生命中那些美好的部分。我们是人形航标，维系着彼此的创作，甚至共同经历了他最艰难的抗争，那场他在精神上取胜却以肉体凡胎输掉的抗争。

现在我只身一人，但我想我依旧能与山姆交谈，就像我和其他我深爱的根本没有死去的灵魂交谈一样。我能重新回到那场深夜交谈中，当山姆从肯塔基州打来电话，我们谈论各种各样的事，从搭乘驳船旅行到徜徉于孤独之中。我们时常讨论，为什么作家们致力于创作无法被归类的作品，却总是被迫要为作品贴上虚构或非虚构的标签。我们都享受一种写作的乐趣，作品被刻画得如此独特，人们陷入了无法将它归类的窘境。

在道晚安以前，我会请求他再为我讲一遍科尔特斯[1]和"绿宝石的审判"的故事，有时我会在他讲

---

1　埃尔南·科尔特斯（Hernán Cortés，1485—1547），大航海时代西班牙航海家、军事家、探险家，以摧毁阿兹特克古文明并在墨西哥建立起殖民地而闻名。

完前睡了过去，手中握着电话。故事从蒙特祖马[1]送给埃尔南·科尔特斯一块绿宝石开始，那块手掌大的绿宝石色泽如海，起码有九百克拉，系在一根皮带上。它是长方形的，像一块刻有神圣律法的石板。据说这块绿宝石有着神奇的特性，能指导蒙特祖马做出决定。

山姆的版本变化无穷，脱离了史实，如今像一部电影变幻不定的预告片散落在记忆中。我可以将山姆故事中的几个场景投射在巨大的三联画打开的画幅上。正中央的画描绘了无畏的探险家在巨浪中浮沉，一只手臂笔直地向上举起，皮带缠绕在他粗壮的手腕上，绿宝石紧紧攥在他的拳头里，两侧的画幅上汹涌的大海正激荡着，是特纳笔下气势汹汹的巨浪。

科尔特斯被从船甲板上扔进漩涡中。大自然兴趣盎然地观察他。这个家伙知道的常识少得可怜。他愿意为它送命吗？他不能吃也不能喝它，所以为

---

[1] 指蒙特祖马二世（Monctesuma II，约 1475—1520），古代墨西哥阿兹特克帝国的君主。他曾一度称霸中美洲，最后却被埃尔南·科尔特斯征服，导致阿兹特克帝国灭亡。

什么要如此激情澎湃地保护它？沸腾的大海将他吐了出来，他获救了，牢牢抓着他的奖品。然而最终，什么都未曾真正得到。科尔特斯没能掌握宝石超凡的价值，就像纳粹拥有据说曾刺伤耶稣一侧身躯的长矛时也未能获得力量。长矛被认为拥有非同寻常的特质，但他们从中一无所得。因为这样的物品有它们自己的密码，极为重要的是，金色的天平要向着良善的那一侧倾斜。因为这个世界上必须要有良善，如此这个世界才能胜出。即便陷入无声的忍耐，也要怀着慈爱的心祈求，正像能预知未来的蒙特祖马坚信的那样，"绿宝石的审判"会这样告诉你。

西费尔摩，杰瑞·加西亚

# 附录画幅

　　凌晨四点，我被楼下街道某处一个男人不断重复的怒吼惊醒。从我的窗口能看见和平塔的剪影，此时云层缓缓划过伤痕累累的天空，露出模糊的虫月[1]。警报声响起，但我依旧能听见半狼半人的嚎叫。有新闻提示说全意大利的人口都在隔离中，整个国家进入封锁状态。我想象着带金色浓缩咖啡机的咖啡馆、博物馆、剧院都依法规关闭，蜿蜒的街道上空空荡荡。我想起米兰，在那里，达芬奇的《最后的晚餐》装点着感恩圣母堂的墙壁，它微光闪烁的画迹依旧像幽灵般庇佑着饱受惊吓的天主教领地。躲在修道院，他们对病毒严阵以待，仿佛那是一场蛮族的入侵。我就在这里和大家告别，我悲惨的应对之策堪称审慎。我在西费尔摩剧场的更衣室里合上笔记本，一切都在这里开始，在我六十九岁生日那天，那时正要迎来猴年。在历史悠久的过道上，

---

1　虫月（worm moon），三月的满月被称为虫月。

269

我加入到乐队中去，在壁龛前稍做停留，那里放着杰瑞·加西亚的照片，他正朝大家微笑。登上舞台的时候，我希望我们欢快的演出能为大家带来快乐。

纽约，根特，旧金山

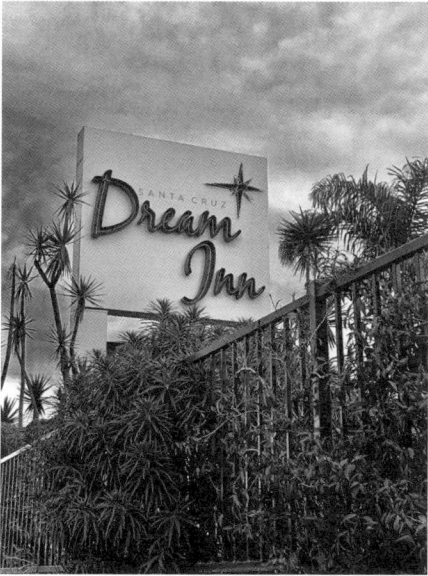

# 插 图

274

# 关于作者

帕蒂·史密斯，作家、表演者、视觉艺术家。二十世纪七十年代，因革命性地将诗歌与摇滚相结合而广受关注。出版过十二张专辑，其中《群马》（Horses）入选《滚石杂志》历史上最伟大的 100 张专辑。1973 年，在高谭书店（Gotham Book Mart）举办第一次画展，她的作品在罗伯特·米勒画廊（Robert Miller Gallery）展出了三十年。她的回顾展曾在安迪·沃霍尔博物馆，卡地亚基金会和沃兹沃思艺术学院艺术博物馆（Wadsworth Atheneum Museum of Art）举办。她的小说包括获得 2010 年美国国家图书奖的《只是孩子》（Just Kids）、《维特》（Witt）、《空想》（Babel）、《白日梦》（Woolgathering）、《珊瑚海》（The Coral Sea）、《纯真预言》（Auguries of Innocence）和《时光列车》（M Train）。

2005 年，法国文化部授予她艺术与文学司令勋位，这是法国政府颁发给艺术家的最高荣誉。2007 年，她入选摇滚名人堂。

她与音乐家弗雷德·索尼克·史密斯（Fred Sonic Smith）于 1980 年在底特律结婚。两人育有一子杰克逊、一女杰西。现居纽约市。

"一切不过是场幕间休息，
关于微小而温柔的终局。"

# 一頁 folio

始于一页，抵达世界

Humanities · History · Literature · Arts

出品人　范　新

监制策划　恰　恰

特约编辑　王韵沁

营销总监　张　延

营销编辑　戴　翔

新媒体　赵雪雨

版权总监　吴攀君

印制总监　刘玲玲

**Folio (Beijing) Culture & Media Co., Ltd.**

Bldg. 16C, Jingyuan Art Center,
Chaoyang, Beijing, China 100124

官方微博：@ 一頁 folio ｜ 官方豆瓣：一頁 ｜ 媒体联络：zy@foliobook.com.cn

一頁 folio
微信公众号